9789350724842
D1831082

गिरिजा

(गिरिजा देवी के जीवन एवं संगीत साधना पर एकाग्र)

वाणी प्रकाशन

नयी दिल्ली-110002

फोन : 3273167, 3275710 • फैक्स : 3275710

e-mail : vani_prakashan@yahoo.com

vani_prakashan@mantraonline.com

गिरिजा

यतीन्द्र मिश्र

वाणी प्रकाशन
21-ए, दरियागंज, नयी दिल्ली-110002
द्वारा प्रकाशित

प्रथम संस्करण : 2001
© लेखकाधीन
मूल्य : 200.00
आवरण : नरेन्द्र श्रीवास्तव

शुभम ऑफ़सेट, दिल्ली-110032
में मुद्रित

GIRIJA
by Yatindra Mishra

सारणा

शब्दों के सीमित यथार्थ से सुर की महत्तर कारा में जाना, संगीत में अपनी सभ्यता और परंपरा का पुनरान्वेषण करना है। गिरिजा देवी को सुनना और उस सुने हुए को गुनना; हमें अपनी समृद्ध श्रुति परम्परा से सीधे जुड़ने का दुर्लभ अवसर प्रदान करता है। उस परंपरा से, जिसका प्रत्यावर्तन नहीं होता। वह परम्परा, जो भक्तियुग के असंख्य रसिकों के द्वारा स्वतः निःसृत हुई है, दक्षिण के अलवार सन्तों के कारण वहाँ के लोक-जीवन में रची-पगी है, बंगाल के बाउल लोगों की अनन्य श्रद्धा के रूप में दिखाई पड़ती है तथा तमाम संगीत घरानों के माध्यम से आज भी हमें अपनी सांस्कृतिक छवि के प्रति उत्तरदायी बनाए हुए है। इस जोखिम भरे समय में जब हमारी अस्मिता और पारंपरिक इयत्ता पश्चिम प्रेरित होने लगी है, बाजार के कोलाहल में कहीं दूर चली गई है, यह अत्यन्त सुखद है कि हमारे बीच शब्द और सुर को आश्वस्त करने के उपक्रम में आज भी चंद मूर्धन्य बिना किसी संकोच और निराशा के लगे हुए हैं। कुमार गंधर्व ने कहा था–"राग तो नंगा होता है, उसे कपड़े हम पहनाते हैं।" अपनी श्रद्धा और समर्पण का वस्त्र। एक गरिमामय आवरण, जो उच्चरित शब्दों से बना हुआ है। गिरिजा देवी भी ऐसे ही जतन में अपने सुर और लय के साथ उपस्थित हैं।

गिरिजा देवी को सुनना सारे संशयों के पार जाना है। अपनी स्वायत्त प्रश्नाकुलता के साथ, ऐसे अनगिनत शाश्वत सूत्रों को पाने जैसा, जिसमें आत्ममुग्धता मिट जाती है और अन्दर तक खुलने का भाव जाग्रत होता है। तब अपने भीतर हम क्षुद्रताओं, शंकाओं और ईर्ष्याओं को छुपा हुआ देख पाते हैं, जिनको बाहर निकाल फेंकना ही सम पर लौटने जैसा होता है। गिरिजा देवी का गान मंगल का गान है। सारी सृष्टि को समेकित भाव से आशीष देने वाला गान, जिसमें स्वयं भी कहीं गहरे अनुगृहीत होने का भाव छुपा हुआ है। उनकी निश्छल सादगी ने एक अद्भुत आभा उनके चारों ओर गढ़ दी है, जो गाते समय पूरी गरिमा के साथ आभासित

होती है। संगीत अवरोधों और सीमाओं को तोड़ता हुआ, एक बृहत्तर वृत्त में समाहित होता है और हमें अपने मनुष्य होने का एहसास कराता है। परम्परागत अर्थों में हम जिसे 'उपज की गायकी' कहते हैं, उसमें गिरिजादेवी ने अपनी पद्धति और लोक-व्यवहार का समन्वय कराकर संगीत को नई अर्थ छवियाँ प्रदान की हैं। इस दुनिया में आज भी सुर का बचे रहना उस 'पवित्री' की तरह है, जो दैनिक क्रिया-कलापों में किसी विशेष कार्य को पवित्रता से आरम्भ करने के लिए प्रयुक्त की जाती है। हम आश्वस्त हो सकते हैं कि जब तक ऐसे मूर्धन्यों के स्वर और लय के बीच हम अपनी सामाजिकता को परखते रहेंगे, हमारी सांस्कृतिक चेतना बची रहेगी।

गिरिजा देवी को जितना मैंने जाना और उनसे बनने वाले कलाओं के प्रदीप्त संसार को जाना, आपके सामने है। यह पुस्तक क्रमशः 'गिरिजा-गंगा-काशी', 'लय गुफा में अमर्त्य सुर' तथा 'लोक और शास्त्र का अंतरालाप' शीर्षकों के अंतर्गत विभक्त है। पहला खण्ड संस्मरणात्मक गद्य एवं संगीत व कलाओं पर अंतःप्रक्रियाओं से सम्बन्धित है। दूसरा खण्ड कविताओं पर एकाग्र है। तीसरे खण्ड में गिरिजा देवी से संगीत तथा समाज में रूपंकर अभिव्यक्तियों पर अंतरंग वार्तालाप प्रस्तुत हैं। पिछले तीन वर्षों में कई बैठकों में कभी औपचारिक रूप से तो अकसर अनौपचारिक तरीकों से अलग-अलग जितनी बातें उनसे हुईं, एक साथ इसी खण्ड में संकलित हैं। मैं यह दावा तो हरगिज नहीं कर सकता कि इन बातों से आप उनकी वरेण्य संगीत परम्परा तथा विरासत को पूरा का पूरा जान लेंगे। बहुत कुछ अभी भी ऐसा है, जो छूट गया है। बहुत कुछ छूट जाता भी है। एक कला की, उसके प्रकारान्तर संदर्भों की तथा उसके सर्जक की यही सफलता भी है कि उसे कभी पूरा का पूरा जाना न जा सके। जितना जान पाएँ हम, उतना ही वह शेष रह जाए। इस कारण यह पुस्तक या इसके समस्त सन्दर्भ एक आरम्भ हैं। एक सांगीतिक उपस्थिति को शब्दों के द्वारा व्याख्यायित करने का एक विनम्र प्रयास। आशा है, इन खण्डों से गुजरते हुए एक कलाकार मन की कुछ स्थाई निर्मितियों एवं महत्वपूर्ण सरोकारों से भी हम टकराएंगे। शायद इनसे गुजरकर साहित्य और कला जगत के अन्तर्सम्बन्ध को जोड़ने वाली कोई खिड़की हम नए अर्थों में अपने लिए खोल सकें। इस कार्य में समय-समय पर मिले वरिष्ठ रचनाकारों एवं कलाकारों के परामर्श के प्रति कृतज्ञ अनुभव करता हूँ। इनमें प्रमुख रूप से उस्ताद बिस्मिल्ला खाँ, श्री निर्मल वर्मा, डा. वागीश शुक्ल, सुश्री गगन गिल, श्री मदन सोनी, श्रीमती मालिनी अवस्थी एवं सुश्री सुनंदा शर्मा के प्रति हार्दिक आभारी हूँ जिन्होंने पुस्तक को इस रूप में लाने में मेरा सहयोग किया। इस पुस्तक के कुछ अंश, 'पूर्वग्रह', 'रंग-प्रसंग', 'रंगायन' एवं 'जनसत्ता एक्सप्रेस' में प्रकाशित हुए हैं। इनके सम्पादकों के प्रति आभार व्यक्त करता हूँ जिन्होंने इसे प्रकाशित करके मेरा यह विश्वास दृढ़ किया कि बाजार से संचालित होने वाले इस समय में कलाओं के लिए अभी भी जगह बची हुई है।

अंत में, अपनी दादी को याद करना चाहता हूँ जिन्होंने मुझे संगीत के प्रति आस्थावान बनाने में, मुझमें एक अपरोक्ष संस्कार निर्मित किया। संगीत कैसे मनुष्य की संवेदनशीलता को विपरीत परिस्थितियों में सँजोए रखता है, यह मैंने दादी से सीखा।

यह पुस्तक उनकी स्मृति को मेरी श्रद्धांजलि है।

राजसदन, अयोध्या — यतीन्द्र मिश्र

28.8.2001

आरोह

गिरिजा-गंगा-काशी

Art penetrates covers, reveals the hidden and rejects the hackneyed-that is why it is full of brilliant absurdities, expected surprises, paradoxes and Magic.

—Yuri Borev

बिरहिनी मन्दिर दियना बार

—यारी साहब

बनारस घाट : मणिकर्णिका, 1896

सुर आह्वान : गिरिजा देवी

गंगा में बजड़े पर गिरिजा देवी का ख्याल गायन (काशी)

गिरिजा देवी एवं उस्ताद बिस्मिल्ला खाँ जुगलबन्दी की मुद्रा में

स्व. पं. हनुमान प्रसाद मिश्र, गिरिजा देवी एवं स्व. पं. कण्ठे महाराज
(गुलाबबाड़ी गायन, कलकत्ता)

1.

काशी के संजय गाँधी नगर मोहल्ले (कभी नाटी इमली के नाम से प्रसिद्ध) में एच-19 नंबर का मकान। शास्त्रीय गायिका गिरिजा देवी का घर। गिरिजा देवी देश में पिरोयी बंदिश में अपना रियाज कर रही हैं। दोपहर का समय।

काशी में पुरानी मान्यता है कि गंगा को एक किनारे से दूसरे किनारे तक माला चढ़ाऐं तो सारी मनोकामनाएँ पूरी होती हैं। फूल की माला उतनी लम्बी तो बन नहीं पाती मगर फूलों की कई लड़ियाँ जोड़कर माला तैयार की जाती है। इस माला को इस पार से उस पार तक अपनी इच्छा की फलश्रुति के लिए भक्तजन गंगा पर चढ़ाते हैं। यह माला सतरंगी चुनरी या लाल पीली पियरी से भी बनती है। इस मान्यता के साथ किंवदंती यह भी है कि माला गंगा पर चढ़ते ही कहीं टूटती अवश्य है। कारण यह दिया जाता है कि गंगा स्वयं अपनी मेखला या कोख को नपता नहीं देख सकतीं। संकोच की इसी अहर्निश परम्परा के चलते ही कभी गंगा का पाट नापा नहीं जा सकता, भले ही गाँठ कितनी ही मजबूत क्यों न हो।

गिरिजा देवी का गायन कभी-कभी ऐसा ही मान्यताओं के प्रति अमूर्त्तन उत्पन्न करता है। गाते हुए जब तक उनके स्वर मीड़ की स्थिति में रहते हैं, तब तक यह स्थिति उत्पन्न नहीं होती पर एकाएक जब सुर को हल्के से उनके स्वर छू कर आगे बढ़ जाते हैं, तब किंवदंतियाँ फलीभूत होती महसूस होती हैं।

सुर पर स्वरों की गाँठ क्या ढीली हो सकती है?

शायद हाँ

पर स्वर की बनती हुई माला अगर बीच में टूट जाए तो?

शायद नहीं

यह गिरिजा देवी से पूछना चाहता हूँ। यह उत्तर उनके पास हो शायद! हो सकता है वे गंगा से पूछकर बताएँ। गंगा सुन रही हैं बरसों से सारे उलझे हुए सुरों को। गंगा ने ही भगीरथ के सोलह हजार पुरखों को शाप मुक्त किया था। क्या

वे सात सुरों के उलझे हुए रहस्य को नहीं सुलझाएंगी?

हमें अब जाना चाहिए मान्यताओं की शरण में। गिरिजा देवी अभी भी देश की शरण में हैं।

2.

हम लोग प्यार से उनको अप्पाजी कहकर संबोधित करते हैं। अप्पा उनका घर में बुलाने का नाम नहीं। बस बहुत ज्यादा अपनत्व और दुलार में डूबकर उनके करीबी और स्वजन उन्हें अप्पा माँ, अप्पा जी या अप्पा पुकारते हैं।

अपनत्व का घोल अगर किसी स्वार्थ के बगैर तैयार किया जाए तो इतना पक्का होता है कि हजार धुलाई के बाद भी छूटता नहीं। मुझे यह नहीं मालूम कि देवता होते कैसे हैं। उन पर एकाधिकार कैसे प्राप्त किया जाता है। मगर इस घोल को बनाते हुए अकसर मन में आया कि कृष्ण ऐसे वैसों को नहीं मीरां को ही मिल सकते हैं।

क्या प्रेम एक पदार्थ है? जिसमें आत्यन्तिक रूप से डूबना, अपने देवता को पाना है।

खुसरो निजाम कै बलि बलि जइहैं
मोहें सुहागन कीन्हीं रे मोसे नैना मिलाय कै

अप्पा गा रहीं थीं परसों। छाप तिलक। मुँह का पान होठों पर अपनत्व का घोल रच रहा था। हम कब लौट गए तेरहवीं शताब्दी में पता ही नहीं चला। बस इतना भर याद कि एक दिव्य चेहरे वाला बुजुर्ग तमाम सारे कपड़े रंगे जा रहा था; एक के बाद एक। अप्पा ने गाना खत्म करके बताया कि वह खुदा थे, जो गाने में चले आए थे। हम अनुमान करने लगे थे कि वह खुदा ही थे, जो बिना स्वार्थ के अप्पा के कंठ में मिठास की तरह घुल रहे थे।

खुदा भी एक तरह का विलयन हैं। विलयन देवता तक जाने का पथ है। अप्पा देवता के पास से उठकर लौट आईं हमारे पास।

3.

अप्पा की गाई बहुप्रशंसित चैती।

एहीं ठैंया मोतिया हेराय गइली रामा, कहवाँ मैं ढूंढ़ूँ

अपने सादे मगर भव्य से ड्राइंगरूम में बैठी अप्पा गा रही हैं। यह चैती एच. एम. वी. से निकली इनकी कैसेट शृंखला में कई जगहों पर मिल जाती है। गायकी का ठेठ पूरबिया अंग साथ ही शृंगार का पूरा प्रस्थान लिए हुए सुरों और स्वरों की कश्मकश, धींगामुश्ती। शास्त्रीय शब्दों में एक अपूर्व जुगलबंदी। गिरिजा देवी शास्त्रीयता से अधिक भावों को तरजीह देती हैं। जैसा उन्होंने पहले ही दिन से मुझे बताया हुआ है।

एक नास्तिक और एक सच्चे आस्तिक के मिलन बिंदु पर अनुल्लंघ्य छूट गए आधे यथार्थ और आधे दैवी क्षणों को छू पा रहे इंसान के अनुभव की तरह का अनुभव किसी शास्त्रीय गायक को सुनते हुए ही मिलता है। आनंद कुमारस्वामी के अनुभवों में यदि हम कहें तो सेल्फ फॉरगेटफुलनेस प्राप्त करने की स्थिति। आत्मसजगता से निकलकर आत्मविस्मृति की स्थिति में पहुँचना, एक भावक के अनुभवों में उतरना है।

अप्पा के प्रति कुछ संशय उभरते हैं।

कुछ अव्यक्त विरोध भी उपजते हैं।

फिर आत्म सजग होकर हम आत्मविमुग्धता में कैसे चले जाते हैं? भावक का आस्वाद, गायक की सफलता से कितना सौहार्दपूर्ण रिश्ता बना पता है, इस पर ही सेल्फ फॉरगेटफुलनेस का आंशिक सत्य परखा जा सकता है।

ठुमरी का आस्वाद उसके शब्दों, छंद, समय, राग, तानों और अपनी मानसिक स्थिति के तादात्म्य से ही अनुभवा जा सकता है।

क्या यहीं प्रत्यभिज्ञा जन्मती है?

प्रसाद की महाचिति क्या भावों की सहजावस्था नहीं?

अप्पा अपने आप संदेह के घेरे से छूट जाती हैं।

4.

गिरिजा देवी अपनी पूर्ववर्ती जिन गायिकाओं एवं गायकों से प्रेरित हैं उनमें डी. वी. पलुस्कर, केसरबाई केरकर, रसूलन बाई, हीराबाई बड़ोदकर प्रमुख रूप से आते हैं। बड़ी मोतीबाई की आवाज पसंद होने के बाद भी प्रेरणाप्रद नहीं उनके लिए। हाँ! जिनका नाम पूरी श्रद्धा के साथ उनकी जुबान पर बार-बार आता है वे अकेली सिद्धेश्वरी देवी ही हैं। सिद्धेश्वरी जी की गायकी का बाना उनको आस्था से भर देता है। अप्पा बताती हैं सुबह उठने के साथ सबसे पहले सरस्वती का ध्यान करते हुए मानसिक भाव से बहुत सारे रागों के आलाप, बन्दिशें, आरोह-अवरोह उनको अर्पित करती जाती हैं। सच्चे सुर का नैवेद्य। बद में दिनारम्भ। कभी पूछा नहीं उनसे क्या सिद्धेश्वरी जी भी ऐसा ही किया करती थीं। क्या सारे सुर साधक ऐसा ही करते हैं।

स्वामी रामकृष्ण परमहंस काली उपासना करते-करते कमल का फूल अपने ही सिर पर चढ़ाने लगते थे। पूरी तन्मयता के साथ। काली की सिद्धि थी उन्हें, ऐसा परमहंस स्वयं स्वीकारते हैं। अब मुद्दा यह कि वह कौन सा तत्त्व है, जो स्वयं अपरिमित आनंद की स्थिति (ब्रह्मानंद सहोदर) में पहुँचा देता है।

यह स्थिति बिना एकांत निष्ठा और अनन्यता के संभव नहीं। आस्था और समर्पण का द्वैत बाहर से भले ही अलग-अलग दिखाई पड़े परन्तु आन्तरिक विन्यास में उसका स्वरूप एक हो जाता है। यदि भक्त परमहंस की मानसिक स्थिति में जा सके। उस क्षण फूल का अर्पण गौण हो जाता है और एकांत निष्ठा प्रखरता से उभर आता है। सिद्धेश्वरी हों या गिरिजा, चैतन्य महाप्रभु रहे हों या बैजू बावरा। सभी अपने संगीत के प्रति एकनिष्ठता रखते हुए गायकी अथवा भक्ति का ऐसा स्थापत्य निर्मित करते हैं, जिसमें श्रद्धा और समर्पण का द्वैत मिट जाता है।

क्रोचे अभिव्यंजना को सर्वोपरि मानते हैं। उनके यहाँ अंतःप्रज्ञात्मक ज्ञान या अनुभूति कला के शाश्वत में प्रवेश को स्वीकारती है। वे इस तर्क से पूर्णतया सहमत हैं कि बिना अंतःप्रज्ञा स्फुरण के कला की सृष्टि नहीं होती। यह स्फुरण, झलक या

प्रतिभास कलाकार के अंतर में बिजली की कौंध की तरह सहसा होता है, इसके लिए कोई पूर्व चिंतन अपेक्षित नहीं।

सांगीतिक अभिव्यक्तियों में भी यही तर्क स्पष्टतः देखा जा सकता है। भाव की अभिव्यंजना के फलस्वरूप सुर के धरातल पर यही स्फुरण प्रकट होता है। जिसके कारण अनन्य आनंद की प्रतीति होने लगती है।

गिरिजा देवी की सुर साधना ऐसे ही स्फुरण की फलश्रुति है।

जिस तरह प्रत्येक अंतःप्रज्ञा कला है; उसी तरह हर कलाकार की अपनी-अपनी अंतःप्रज्ञाएँ वे पवित्र तीर्थ हैं, जहाँ कलाएँ जन्मती हैं।

इस तरह काशी में दो तीर्थ हैं।

इस तरह काशी में बहुतेरे तीर्थ हैं।

5.

साँवरिया प्यारा रे मोरी गुइयाँ
वह ते ठाढ़े कदम की छइयाँ
धूप का मारा रे मोरी गुइयाँ

अप्पा के साथ सारी शिष्याएँ कोरस में रियाज कर रही हैं। हल्के शब्दों में दादरा की मीठी बंदिश अच्छी लग ही रही थी कि अप्पा एक-दो शिष्याओं को डाँटने लगीं।

"अरे बिटिया जरा दुलार से साँवरिया प्यारा दुहराओ। हियाँ गाते बखत ई लागेक चाही कि अपने प्रियतम के बेहद प्रेम मा पड़ी हौ। तू तो अइसा गाय रही हौ जइसे चंडी मैदान मा उतर आइ हों।"

बाकी सब खिलखिलाने लगे। फिर डपट कर बोलीं "अरे मालिनी! तोहार साहेब तौ अफसर हैं। का तू उनका अइसे ही पुकारत हौ।"

मालिनी अवस्थी ना में सर हिलाकर मुस्करा देती हैं। अप्पा फिर सबको रियाज के मैदान में खदेड़कर रेफरी की तरह ताकीद करती हैं "चलो फिर से शुरू करो। मगर इ बार सब जनी ठीक से गाओ, हियाँ मन मा ई भाव रखौ कि नाजुक-नाजुक औरत हो, चंडी नाहीं।"

"दादरा, टप्पा ऐसे टप्प से थोड़ी आय जात है।"

क्या टप्प से ऐसे कुछ भी आ सकता है?

जैसे दादरा
जैसे टप्पा
जैसे तराना
जैसे सबकुछ
सभी लोग फिर से शुरू–
साँवरिया प्यारा रे...

6.

एक गाया जाने वाला पद अथवा गाया जा चुका गीत असीमित संदर्भ प्रक्षेपित करता है। उस घट चुके समय में गुँजरित शब्द, शब्द मात्र नहीं रह जाता। शब्द से थोड़ा ऊपर उठकर कुछ संभावनाओं के जन्म का द्वार खोलता है। कुछ-कुछ मांगलिक रचने के उपक्रम जैसा। बेहतर भविष्य की कामना के लिए अतिरिक्त शंकालु किस्म का, इसीलिए प्रार्थना की तरह पूजनीय।

लिखा हुआ शब्द, उच्चरित शब्द और सुन्दर भावाभिव्यक्ति के कारण मन-मस्तिष्क में पूरी तरह रचा-बसा शब्द-सभी आपस में उतने ही भिन्न होते हैं, जितना सप्तकों में मन्द्र, मध्य और तार। सभी स्वरों की आधार पीठिका निर्मित करते हुए भी अपना अलग और अनूठा 'रेंज' रखते हैं। सातों स्वर क्रमशः षड्ज, ऋषभ, गान्धार, मध्यम, पंचम, धैवत और निषाद अपने आंतर एवं बाह्य विन्यास में तीनों सप्तकों पर तीन प्रकार की चेतना जाग्रत करते हैं। तीन तरह की संभावनाएँ बनाते हैं। तीन प्रकार की ध्वनियाँ, तीन प्रकार के कंठों का वरण करती हुई प्रतीत होती हैं। आशय यह कि सांगीतिक अभिव्यक्तियाँ अपनी संभावनाओं को हर क्षण सुर, लय, ताल, राग, छंद और बोलों पर अलग-अलग तरह से व्यक्त करती हैं। विज्ञान की भाषा में जिसको आइसोमेरिज्म फिनॉमिनॉ कहते हैं, कुछ उस प्रकार की घटना। स्वर और शब्द के मध्य एक-दूसरे की शक्ति का विस्तार और विस्थापन करते रहने की क्रिया, एक-दूसरे को हानि पहुँचाए बिना।

संगीत परोक्ष एवं अपरोक्ष के बीच छूटे हुए अभाव को आच्छादित करता है। षड्ज से निषाद की यात्रा के बीच आने वाले तमाम अभाव भविष्य में घटने वाली सम्भावनाओं की प्रतिच्छायाएं हैं।

हम इनमें ही अपनी प्रार्थनाएँ और कुछ मांगलिक रचे जाने का सूत्र तलाशते रहते हैं।

7.

निर्मल वर्मा अपनी डायरी में लिखते हैं–

> **मुझे ईश्वर में विश्वास नहीं है, फिर भी न जाने कैसे एक विचित्र स्नेहिल सी कोमलता मेरे अस्तित्व के गहनतम तल में भाप सी उठने लगती है जब मैं अपने लेखन में कभी 'ईश्वर' का नाम लिखता हूँ।**

अप्पा जी, मैं और उनकी शिष्या मालिनी अवस्थी। उनका इंटरव्यू अपने छोटे से टेप पर रिकार्ड कर रहा हूँ। बीच-बीच में उनके घर पर रहकर संगीत की दीक्षा ले रही उनकी शिष्या रूपान सरकार चाय, नाश्ता, पानी, इलायची रख जाती हैं। अप्पा बात को अकसर स्थाई-अन्तरे को कहीं से भी छोड़ने वाले ढंग में छोड़कर रूपान से पान माँग लेती हैं। फिर बात को सम पर उठाते हुए इंटरव्यू आगे बढ़ाने का निर्देश देती हैं। बातचीत के दौरान बताती हैं अप्पा जी की कैसे उम्र के इस मोड़ पर आकर (71 की अवस्था) भी जब-जब कोई संगीत प्रस्तुति मंच पर देनी पड़ती है तब वे कैसे विह्वल हो उठती हैं।

"बिना भगवती को अपना कंठ सौंपे, गाया नहीं जा सकता। उनको अर्पित हुए बिना सुर लगता ही नहीं। मुझे लगता है जिस दिन आत्मा से गा लिया, थोड़ी देर के लिए ईश्वर को पा लिया।"

और मुझे लगता है श्रेष्ठ कर्म चाहे वह सांगीतिक प्रस्तुति हो, साहित्य-सर्जना हो या कोई अन्य अभिव्यक्ति–किसी खूँटे से अपने को बाँधे बिना, हो ही नहीं सकती।

निर्मल वर्मा के लिए सामान्य परिभाषा से हटकर एक ईश्वर हो सकता है। उनकी दुश्चिन्ताओं और प्रश्नों का हल ढूँढकर देने वाला ईश्वर जिसकी कोमलता उनको अन्दर तक ऊष्मा देती है। यह ईश्वर निर्मल वर्मा का खुद का गढ़ा हुआ है। जैसे कि गिरिजा देवी की भगवती उनके द्वारा गढ़ी हुई हैं। उनकी भगवती को न तो अनुष्ठान अभीष्ट है न ही पंचफल-मेवा-प्रसाद। वे सच्चे सुर का अर्पण चाहती

हैं। जाहिर है, अप्पा ही उनको ऐसा अभीष्ट सुलभ करा सकती हैं।

हम रूपकों में जीते हैं।

हम आलम्बन के साथ जीते हैं।

हम अपने-अपने ईश्वर के अधीन रहते हुए ईश्वर की खोज में जीते हैं।

इस दुनिया के तमाम सारे कलाकार, बुद्धिजीवी अपने पूर्वाग्रहों से मुक्त होने के लिए दूसरे के खूँटे को पकड़ कर जीते हैं। अप्पा भी इसी तरह का जीवन जी रही हैं। सिद्धेश्वरी देवी ने भी ऐसा ही जीवन जिया है। भविष्य में बहुत सारी रूपंकर निर्मितियाँ भी ऐसे ही जिऐंगी।

हम आश्वस्त हो सकते हैं कि ऐसे ही जीवन जिया जाना चाहिए।

हम सहमत हो सकते हैं कि अब तक कालीदास, फॉकनर, प्रूस्त, गालिब, चेखव, पंडित ओंकार नाथ ठाकुर, महात्मा गाँधी, रवीन्द्र नाथ टैगोर, सत्यजित रे ने भी ऐसा ही जीवन जिया होगा।

अज्ञेय की कविता की यह पंक्तियाँ ऐसे ही जीवन का स्पष्टीकरण है–

महाशून्य
वह महामौन
अविभाज्य, अनाप्त, अद्रवित, अप्रमेय
जो शब्दहीन
सब में गाता है।

8.

काशी। गंगा के तट पर सजा-सँवरा बजड़ा। दशाश्वमेध से गढ़वा घाट तक सभी सजे-सँवरे। देव दीपावली का पर्व। देवता के प्रति आभार की संध्या। लाल पीले हरे गुलाबी रंगों की कंदीलों में दुल्हन की तरह सकुचाती लौ व्योम की ओर पितरों के लिए प्रकाश व्यवस्था करती हुई। गंगा में दूध, हल्दी, सिन्दूर, रोली, दूर्वा, अक्षत, चंदन, फूल, दीये सब बहते हुए।

बनारस घराने की एक प्रौढ़ गायिका, नारंगी कांजीवरम की साड़ी पहने हुए बजड़े पर अवतरित होती हैं। मंच पर पीलू की छटा। सारंगी, तबला, हारमोनियम, तानपूरे का दरबार।

गंगा के समस्त घाटों पर असंख्य दीये। आस्थावान महिला पुरुष पानी पर ज्योति तैराते हुए।

विलंबित ख्याल की शुरूआत।

प्रसन्न होने की आधारपीठिका बनना शुरू।

देव दीपावली धीरे-धीरे संपन्न होने के कगार पर।

सुरों का चँदोवा बुन रही गायिका, पानी और आकाश के बीच में अवस्थित।

काशी की यह परंपरा अक्षुण्ण बनी रहे। यही प्रार्थना मन में बार-बार आ रही है।

9.

कला का खंड से अखंड होने का व्यापार सोम के क्रमशः बढ़ते-घटते रूप में दिखाई पड़ता है। इससे उसकी सोलह तिथियों-प्रतिपदा से पूर्णिमा व अमावस्या के बढ़ने घटने का और अंत अदृश्य के रूप में भी बचे रहने का, अमृत रहने का क्रम लक्षित होता है। शिव और शक्ति दोनों के भाल पर अन्तर इतना ही है कि शिव के सिर पर शुक्ल पक्ष की द्वितीया का चन्द्रमा है जो उनका प्रथम दृश्य रूप है और शक्ति के ललाट पर अष्टमी का चन्द्रमा है। अष्टमी तिथि संधि होती है। इसमें सृष्टि और संहार–क्रम दोनों मध्य बिंदु पर होते हैं। यह आधापन शिव के आमंत्रण के लिए है और शिव के सिर पर कला का उद्भेद या अंकुरण संहार–व्यापार की नई सार्थकता के द्योतन का संकेत है।

–विद्यानिवास मिश्र (तंत्र, कला और आस्वाद)

इससे स्पष्ट होता है कि कला के उत्स का बिंदु उसके प्रस्थान-बिंदु से बिल्कुल अलग और बहुत दूर होता है। वैसे भी काशी में जहाँ विश्वनाथ शिव का मंदिर है, उससे थोड़ी दूर उनकी आद्याशक्ति विशालाक्षी का स्थान। दोनों पक्का महाल में अवस्थित होने के बावजूद एक-दूसरे से व्यापक दूरी पर हैं।

आशय यह कि कलाओं की अभिव्याप्ति जहाँ तक होती है, उनके विस्तार का बिंदु उनकी शक्ति सीमा के अंतिम छोर तक रहता है। यहाँ शिव का अर्थ सौंदर्य के रूप में उद्घाटित उस 'सत्य' से है जिसका कुछ न कुछ अंश समस्त ललित कलाओं के अंदर निहित रहता है। समस्त सर्जनात्मक अभिप्रायों (विशेषकर साहित्य के सन्दर्भ में) में 'शिवेतरक्षतये' का प्रयोजन, अमंगल का नाश और मंगल की स्थापना के अर्थ में ही लिया जाता है। ध्रुवपद अथवा विष्णुपद गायन में भावाभिव्यक्ति का विस्तार बहुत दूर तक किया जाता है। ऐसा उसकी शब्द-गरिमा एवं श्रव्यता को बढ़ाने के लिए किया जाता है। सारे ध्रुवपद गायक, इस तरह के संयोजन को उसी तरह पूर्णता की ओर ले चलते हैं, जिस तरह कलाएँ पूर्णता के लिए चन्द्रमा को पूर्णिमा तक पहुँचाती हैं।

शिव और शक्ति (कलाभिव्यक्ति का केन्द्र बिंदु एवं कलाओं का पूर्णतर विस्तार) अदृश्य में भी मंगल की प्रतिष्ठा करते हैं। कहा जाता है काशी में विश्वनाथ शिव पर किसी विशेष प्रयोजन के लिए किया गया अनुष्ठान तब तक अपूर्ण रहता है, जब तक भक्त (सहृदय) पक्का महाल में जाकर विशालाक्षी के दर्शन न कर ले।

शिव का एक अर्थ मंगलकारी सत्य भी है।

शिव का एक अर्थ कला की अनुपम अभिव्यक्ति भी है।

शक्ति उसी अनुपमेय का विस्तार है।

ध्रुवपद या विष्णुपद गायन उसी मंगलकारी सत्य की अनुपमेय सांगीतिक अभिव्यक्तियाँ हैं।

चन्द्रमा की कलाएँ उन अभिव्यक्तियों के व्यापार का लेखा-जोखा हैं।

सहृदय के लिए यह सारे व्यापार कलाओं के अंकुरण का माध्यम है।

'शिवेतरक्षतये' का प्रयोजन भी यही है।

10.

राम का विवाह हो चुका है। भाँवर और सप्तपदी के बाद अब दुल्हा राम, दुलहिन सीता के संग कोहबर पूजने के लिए रानी सुनयना के अंतःपुर वाले मंदिर में बिराजे हैं। अवसर है, राम को सीता का कँगन खोलना है। मगर कँगन खुल ही नहीं रहा। दाम्पत्य के अक्षुण्ण बने रहने एवं परस्पर मैत्री के समभाव में बँधा कँगन, राम से खुल नहीं रहा। इस कारण जनकपुर की औरतें अपने दामाद को हँसते हुए उलाहना देती हैं–"आपने गज के फंद जब इतनी सरलता से छुड़ा दिए थे, तब आप इतनी नाजुक सी सिया के कँगन का बंध क्यों नहीं खोल पा रहे? क्या हो गया है आपको? सबकी गुत्थी सुलझाने वाले आज कैसे अपनी स्त्री की गुत्थी में उलझ गए?"

हँसि-हँसि पूछैं जनकपुर की नारि
नाथ कैसे गज के फन्द छुड़ाये
गज औ ग्राह्य लड़ै जल भीतर
पैदल-पैदल धाये
सिया जी का कंगना छूटत नांही
कैसे गज के फन्द छुड़ाये

यह अवध क्षेत्र में गायी जाने वाली पारपंरिक गाली का एक प्रकार है। भारतीय समाज में विवाहोपरांत वर पक्ष के प्रति, कन्या के घर वाले ऐसे ही उलाहने गाते हैं। गारी कहलाती है। गारी गाए जाते समय दो विभिन्न संस्कृतियों, दो अलग-अलग क्षेत्रों एवं दो प्रकार के जीवन को एक धरातल पर आपस में मिलते हुए लक्ष्य किया जाता है। यहाँ अवध और जनकपुर की संस्कृति का न केवल आपसी विनिमय हो रहा है, बल्कि एक साँझी सहमति का विस्तार भी हो रहा है, जिसके केन्द्र में राम और सीता प्रतीक रूप में हैं, असल रूप में स्त्री-पुरुष के साहचर्य का वह पुनीत भाव है, जो संसार की गतिशीलता का द्योतक है।

हमारी परंपरा का प्रत्यावर्तन नहीं होता। वह अपने समस्त कृत्यों में अपनी परंपरा के सबसे उदात्त चरित्र को पकड़कर एक सूत्र निदर्शित करती है। एक कौंध

समाज को प्रदान करती है कि हमें किस तरह का जीवन गुजारना चाहिए। किस तरह का संसार अपने इर्द-गिर्द समेटना चाहिए। कौन से रहस्य बचा कर रखने चाहिए जो हमारे आत्यंतिक स्वरूप को सदैव आभासित करते रहें।

जीवन व्यतीत होने के समानार्थी होता है। हम इस क्षण जो हैं, वह ठीक अगले क्षण न होकर कुछ और होंगे। जो एक क्षण पहले का सृजन है वह दूसरे और तीसरे फिर चौथे, पाँचवे क्षण विसर्जन है मगर अपने संपूर्ण उपस्थिति में स्वायत्त। संगीत का आधार बनाकर गाए जाने वाले संस्कार-गीतों में भी जीवन की यही स्वायत्तता भरी रहती है। हम अपने रिश्तों को जिस मर्यादा तक सीमित रखते हैं वही बोध इन गीतों, निजंधरी कथाओं और काव्य में सायास-अनायास व्यक्त होता रहता है। शायद बहुत पहले इन्हीं कारणों को ध्यान में रखकर कि भविष्य में हमारा संस्कृति से विमोह न हो जाए, पूर्वजों ने दैनंदिन की परिधि में सांस्कृतिक अर्हता की जरूरत भी साथ बाँध दी होगी। इसी कारण हमें छोटे-छोटे विधि-विधान बहुत वैज्ञानिक, प्रासंगिक और सुखद लगते रहे तथा हमने अपने को इस तरह की परिपाटी का अभ्यस्त बना लिया। देखते-देखते हम उस परंपरा के वाहक बन गए, जो श्रुतियों और संस्कारों के माध्यम से हमारे जीवन में बसती चली गई। एक नए कलेवर में। एक स्वायत्त सत्ता के रूप में। पुराने का स्वीकार करते हुए, एक नए और व्यवस्थित रूप में, जो कि निश्चित ही स्थाई व सुंदर सी कोई निर्मिति होगी।

यह अलग बात है कि राम सीता के कँगन भले ही न खोल पाएं, फिर भी गज के फंद को तो छुड़ा ही देंगे। क्योंकि ऐसा वो पहले भी कर चुकें हैं और ऐसा करना कहीं से भी उनको सीता के रूप बंधन से विमुख नहीं करता।

स्व. हीराबाई बड़ोदकर, गिरिजा देवी, स्व. उस्ताद लताफत हुसैन खाँ,
स्व. उस्ताद निसार हुसैन खाँ
(आई.टी.सी. कलकत्ता का प्रथम उद्घाटन समारोह–1980)

कपिला वात्स्यायन, गिरिजा देवी, कमलादेवी चट्टोपाध्याय
(केन्द्रीय संगीत नाटक अकादमी पुरस्कार, नई दिल्ली)

गायन की भावपूर्ण मुद्रा में गिरिजा देवी

11.

एक बच्चे की शरारती आँखों में मौजूद भोले जासूस की तरह अप्पा ने एक दिन अपना राज खोला। हँसते हुए बोली ''ये हमारी कजरी है न 'कंहनवा मानो ओ राधारानी', जानत हो भईया ई भारतेन्दु हरिशचंद्र की खेमटा में कजरी है 'कहनवा मानो ओ दिलजानी' उसी में हमने थोड़ा फेरबदल करके गा लिया। अब हमारे लिए तो दिलजानी हमारी राधारानी ही हैं न, इसी वजह से कजरी हो गई।

वाकई कजरी तो हो गई।

भारतेन्दु बाबू भी प्रसन्न ही हुए होगें कि उनकी इश्क मज़ाजी को अप्पा ने इश्क हकीकी में बदल दिया।

अप्पा भी खुश।

सुनने वाले भी खुश।

भारतेन्दुजी के गीत के बोल भी खुश कि चलो
राधा की सोहबत नसीब हुई।

राधा खुश हैं या नहीं?

पता नहीं। इस पर चर्चा फिर कभी।

12.

जैसे-जैसे हमारा चेतन विकसित होता जाता है वैसे ही हम पाते हैं कि हमारी परंपराएँ बचपन में दादी-नानी के मुख से सुनी गई तिलिस्म भरी कहानियों की तरह विस्मृत होती गई हैं। हम उन कहानियों की परियों को उनके रंग-बिरंगे चमकते हुए कपड़ों समेत अपने सामने देखना चाहते हैं। पर ऐसा हो नहीं पाता। हम में से अधिकाँश का भाग्य चारुदत्त के बेटे की तरह नहीं होता, जिसकी जिज्ञासाओं और कौतूहलों की शान्ति के लिए कोई वसन्तसेना अपना सारा स्वर्ण और आभूषण दे दे और उस परी की तरह यथार्थ में मूर्त्त होकर दिखने लगे, जो हमारे जन्म के साथ शुरू हुई कहानियों में बसी हुई है।

परंपराओं की चमक भी इसी तरह बरसों बाद तक चेतना के पूर्णतर विकसित हो चुकने के उपरान्त फीकी नहीं लगती, भले ही उसका प्रभाव बहुत घट चुका होता है।

अठारहवीं शती के उत्तरार्द्ध में काशी में होने वाली संगीत सभाओं में, गुलाबबाड़ी नाम की उन्नत संगीत परंपरा प्रारंभ हुई। होली के त्यौहार के बाद जब चैत्र के महीने में गुलाब के फूलों से वातावरण लद जाता था, तब उसी सुगन्धित वातावरण में चैती गायन की महफिल सजती थी। गुलाब की पंखुड़ियों से सजी महफिल में गावतकिये से लेकर पेय पदार्थों आदि तक में गुलाब का ही प्रयोग किया जाता था। गुलाबी प्रकाश व्यवस्था, गुलाब जल छिड़काव, गुलाबी रंग की मंच-व्यवस्था, सारा सरअंजाम गुलाब को केन्द्र में रखकर किया जाता था। जरी के तारों में गुलाब की एक-एक पंखुरियों को पिरोकर माला सी बनाई जाती थी फिर अबीर गुलाल भरे रेशमी वस्त्रों में उन पंखुरियों को बाँधकर जरी की तारकशी को महफिल में इस तरह बाँधा जाता था कि पूरा दल-बादल गुलाबमय हो उठता था। लोगों के सिर के ऊपर से लेकर पाँवों के नीचे तक सभी ओर गुलाब ही गुलाब। इस तरह की सभा में आने वाले नागरिक गुलाबी पगड़ी और गुलाबी कपड़े पहन कर आते थे। इसी महफिल में गाई जाने वाली चैती, होली की परंपरा को 'गुलाबबाड़ी' कहा

जाता था। चैत्र मास में आयोजित इस तरह की परंपरा का पूरा श्रेय काशी के कलाविदों और संगीत-प्रेमियों को ही जाता है। इससे मिलते-जुलते उत्सव प्राचीन काल से होते चले आ रहे हैं। कालिदास ने 'अभिज्ञान-शाकुन्तलम्' में बसन्तोत्सव का उल्लेख ऐसे ही उत्सव के सन्दर्भ में किया है।

काशी में यह परंपरा आज भी विद्यमान है किन्तु धीरे-धीरे आज की आर्थिक, व्यावसायिक परिस्थितियों एवं प्रतिस्पर्धाओं के कारण इसका आयोजन कम होता जा रहा है। जिस समय यह परंपरा अपने शीर्ष पर थी, मुश्तरी बाई, मैना बाई, बड़ी मोती बाई, काशी बाई, रसूलन बाई, सिद्धेश्वरी देवी, रत्ना, पन्ना, बड़े रामदास, छोटे रामदास एवं मौजुद्दीन खाँ सरीखे कलावन्तों ने इस आयोजन को समृद्ध बनाया।

गिरिजा देवी के गुरु ने उन्हें इन परंपराओं का ज्ञान कराया था। वे चाहते थे कि काशी से इस तरह की परंपराएँ समाप्त न होने पाएँ और उनका व्यापक प्रसार हो। गुरु शिष्य परंपरा की अनन्य अनुगामिनी अप्पा जी में इस परंपरा को आगे बढ़ाने का बोध बचा रहा और उन्होंने अपने शिष्य-शिष्याओं को इस तरह के आयोजनों की जानकारी देना आरम्भ किया। बहुत दिनों के बाद अथक परिश्रम का फल मिला। गुलाबबाड़ी की नई परंपरा कलकत्ता में शुरू हुई। वर्तमान में काशी में क्षीण हो चुकी परंपरा बहुत दूर कलकत्ता जाकर चमकी। मगर वहाँ भी काशी का कुछ न कुछ अंश जरूर मौजूद रहा। गंगा, कलकत्ता में भी गुलाबबाड़ी की साक्षी बनी जैसी वह बरसों से काशी में बनती आई थी।

अप्पा आज भी गुलाबबाड़ी के आयोजन में शिरकत के लिए कलकत्ता जाती हैं। बहुत सारे कलाकार और सुरसाधक अपने-अपने तरीकों से इस तरह की परंपराओं को पुनर्जीवित करने में लगे हुए हैं। आज भी अप्पा को, हम सबको वे परियाँ याद आती हैं जो हमारे साथ, हमारे बचपन के साथ बड़ी हुई हैं। आज भी हम अपने बनाए तिलिस्मों में जकड़ते चले जाते हैं। कभी-कभी हमारी चेतना अपनी किसी प्रशस्त परंपरा का रास्ता पकड़कर हमें बाहर खींच लाती है।

हम सभी अपने-अपने यथार्थ को अलग-अलग ढंग से जीते हुए अपने विशिष्ट कौतूहलों को शान्त करते रहते हैं। हमें वह वसन्तसेना बहुत अपनी लगती है, जो किसी भी वक्त अपना पूरा वैभव-ऐश्वर्य हमको सौंपकर, हमारे चेहरों पर आने वाली शांति की अपरिमित हँसी देखना चाहती है।

13.

वे बोलीं—मुझे कई राग बेहद प्रिय हैं। मगर भैरव को मैं सबसे ज्यादा गाती हूँ। भैरव में गायी जाने वाली बंदिशें मुझे बहुत अच्छी लगती हैं। मैं इस राग को इसलिए भी ज्यादा मन से गाती हूँ क्योंकि यह शिव का राग है। इसको गाते वक्त शिव आराधना का सा अनुभव होता है। सुर इसमें मंद्र पर इतनी गंभीरता से उठता है कि बेहद शांति महसूस होती है।

अप्पा को काशी प्रिय है। वे शिव उपासिका हैं, अतः शिव का प्रिय भैरव राग भी उन्हें अपना लगता है। और यह अलग से आश्चर्य का कारण है कि जब काशी में सुबह उस्ताद बिस्मिल्ला खाँ अपना रियाज़ आरंभ करते हैं तो वह विश्वनाथ मंदिर एवं बालाजी मंदिर की दिशा की ओर मुँह करके बैठते हैं। वे कहते भी हैं कि मैं यहीं से शिव को रोज अपनी शहनाई सुनाता हूँ और अपना सलाम भेजता हूँ।

काशी जो भी आता है वह अपनी कला को विश्वनाथ के सामने प्रदर्शित करके जाता है। जो काशी में रहता आया है उसके लिए अपने घर में बैठे-बैठे ही सही सलाम, बैना, आभार और निमंत्रण भेजने का रिवाज़ है। काशी का एक पर्याय शिव हैं। शिव का एक पर्याय सुंदर की सृष्टि करना है। यह और भी प्रासंगिक तब हो जाता है, जब उस्ताद बिस्मिल्ला खाँ अपनी शहनाई शिव को सुनाकर प्रफुल्लित होते हैं और गिरिजा देवी भैरव गाकर अपनी अनन्य श्रद्धा का भाव बनाए रखती हैं।

14.

कला की यात्रा में चलते-चलते पड़ाव आते हैं। सुस्ताने के लिए, फिर से ताजादम होकर शुरू होने के लिए और कभी-कभी पीछे छूट गई समूची ऐन्द्रिय दुनिया से मोहभंग करके नया सम्मोहन गढ़ने के लिए। हम जितना अपने को तमाम दुनियावी संसाधनों, प्रेरक संकेतों, अनुभवों तथा ज्ञान आदि से भरते चलते हैं, उसी तरह हमें अपने लिए, स्वयं को खाली भी करना पड़ता है। पेड़ फल, फूल और पत्तियों को पूरी समग्रता में धारण करके गिरा देता है। स्वयं को खाली करके फिर से नये फल, बीजों, कलियों एवं कोपलों के गह्वर सम्मोहन में आविष्ट होकर एक बार फिर से क्रियाशील हो जाता है। यह प्रकृति में अपने को पूरी तरह पूर्णता तक पहुँचाकर रिक्त होने, फिर से ताजादम होने, नये सिरे से शुरू करने की सबसे विलक्षण घटना है। अपनी सबसे सुंदर निर्मिति का उत्सर्ग, अपने द्वारा एक दूसरी निर्मिति तैयार करने के लिए। संगीत में स्वर का सम्मोहन जाग्रत करने के लिए कलाकारों द्वारा स्वर के उत्सर्ग करने की प्रक्रिया, एक ही एक दूसरी विलक्षण घटना है। गायक द्वारा स्वर को त्यागकर पुनः सम पर आने की क्रिया, जिसमें दो स्वरों के बीच की निरवधि में सुर की अनुगूँज सम्मोहन प्रदान करती है। सुर की साधना में यह अल्पअवधि ही वे पड़ाव हैं जहाँ से कोई सांगीतिक विभूति अपने द्वारा रची ऐन्द्रिक दुनिया से अपने सारे बंधन तोड़कर, एक बार शुरू से सुर की गह्वर गुफा में प्रवेश के लिए उद्यत होता है। लेकिन यह आरंभ बिल्कुल नया आरंभ होता है और इस बार उत्पन्न होने वाला सुर पीछे छूट गई स्वर लहरियों की दुनिया से अलग एक नया और शिशु सुर होता है। एक नई कोंपल, जिसमें भविष्य का अमरफल संयोजित है, जिसकी समग्रता अभी पूरी होनी शेष है और जिसका उत्सर्ग उसके धारण होने के साथ ही तय हो चुका है।

अप्पा की गायकी में सम्मोहित करने की यह प्रवृत्ति मौजूद है। अप्पा की ठुमरी के बोलों के बीच की निरवधि में एक नया आरम्भ दिखाई देता है। वे उस गुफ़ा को त्याग कर आगे बढ़ जाती हैं जिसको कभी उनके पूर्ववर्ती गायकों ने पूरी समग्रता

के साथ स्वीकार करके छोड़ दिया था। अप्पा जानती हैं कि उनका अपने को खाली करना, दूसरे तरीकों से अपने को भरना ही है।

सुर इन विलक्षण पड़वों से गुजरते हुए नई-नई पत्तियाँ, नये-नये फूल, नये-नये वास बनाते चलते हैं। भविष्य का फल, वर्तमान में पल्लवित होता है और आगे चलकर उसी तरह अपने दायित्वों को निभाते हुए चुक जाता है जिस तरह एक क़ला अपनी प्रखरता में व्यक्त होते हुए, निरवधि में लुप्त हो जाती है। स्वर की शरण में रहने वाला जैसे जानता है कि उसकी निर्मिति दूसरी निर्मिति में स्थानांतरित होती रहती है और कला का सम्मोहन बचा रहता है। उसी तरह हम भी जानते हैं कि प्रकृति समय-समय पर फूल खिलाकर, पत्ते गिराकर, एक बच्चे को जन्म देने से, बरसात में बूँद-बूँद जल लाकर, समाप्त हो रही काया को समाप्त करके, तमाम तरीकों से अपना सम्मोहन बनाए रखती है।

15.

23, 24 जुलाई 2000। अयोध्या में मेरे घर पर अप्पा जी का दो दिवसीय प्रवास। कारण-विमला देवी फाउन्डेशन न्यास के उद्घाटन समारोह में शिकरत के लिए पधारीं। एक रात्रि हमारे बार-बार मनुहार करने के बाद अपने बनाए नियम के विरूद्ध अप्पा, राम विवाह गाने को तैयार हो गईं।

एक अद्वितीय समय रचने की तैयारी। मानसिक विवाह या इस तरह समझें अदृश्य में राम की घुड़चढ़ी। अप्रतिम सेहरा। श्रावण में अगहन की व्युत्पत्ति।

अप्पा आरम्भ करती हैं।

चलो देख आयें राम बने लाडले
राम पटुका सम्भालें अवधपुर में
राम मौरी सम्भालें जनक अंगने
राम डोला सम्भालें अवधपुर में
राम सिया सम्भालें जनक अंगने
चलो देख आयें राम बने लाडले

अप्पा जबरन उठा ले गईं हम सबको राम की बारात में। मैं, मेरा पूरा परिवार, अदृश्य में संगीत के प्रति अनन्य राग रखने वाली मेरी दादी, पंडित किशन महाराज, निर्मल वर्मा, कुँवर नारायण, भारती जी एवं गगन गिल सभी गाजे-बाजे, शहनाई, अम्बारी, घोड़ा, हाथी, पैदल छत्र चाँवर मंगल घट सिर पर धरे पनिहारिनें—सभी राजा राम की बारात में मौजूद। अप्पा की अगुवाई में पूरी बारात का जनकपुर के लिए प्रस्थान। आगे-आगे अप्पा जी की कंठ की सवारी। पीछे-पीछे राजा दशरथ, गुरु वशिष्ठ, राम, भरत, लक्ष्मण, शत्रुघ्न, अयोध्यावासी और हम सब लोग।

आगे-आगे यमन में सुरों की बंदिश। पीछे-पीछे कर्त्तव्य और संस्कारों की बंदिश में निबद्ध राम।

एक अप्रतिम कंठ साधिका के द्वारा गाये जाने वाले सेहरा का उचित मूल्य राम ही आंक सकते हैं। एक ऐसा महानायक जिसकी पूरी ज़िंदगी संघर्षों में तपते

हुए बीती, जिसकी परिणति मर्यादा की उदात्त प्रतिष्ठा में अन्तर्गुम्फित हैं। ऐसे राम के लिए सिया वधू रूप में।

तव भगवान. सकल उरबासी
करहु मोहिं रघुवर कै दासी।

तुलसीदास वहाँ झाँक आए जहाँ साधारण की इन्ट्री बैन है। सीता का राम को वर रूप में चुनना भी कलाओं में अतीन्द्रिय आनन्द के सृजन का कारण बन जाता है। अप्पा का सेहरा, बन्ना बन्नी गाने के लिए राम सीता का वरण पारलौकिक चरम (मेटाफिजिकल क्लाइमेक्स) पैदा करता है।

मेरी दादी का गाया हुआ विवाह याद आ रहा है।

चलो देखें अवधपुर जाँय सियावर कैसा बना
सियाबनरी के बेंदा सोहे मौरा सोहे रघुनाथ
सियाबनरी के सेंदुर सोहे चन्दन सोहे रघुनाथ

संगीत में उत्सव रचती हुई गिरिजा देवी, घर में संगीत का संस्कार अनायास ले आने वाली मेरी दादी दोनों एक ही आधार बिंदु पर खड़ी नजर आती हैं। अप्पा का रचा हुआ उत्सव दादी के द्वारा संपन्न किए जा रहे मंगल विधानों की संपन्नता के साथ मिलकर पूरा होता हुआ प्रतीत होता है।

गायक जिस भी वाक् दशा में अभिव्यक्ति कर रहा हो, सहृदय (श्रोता) को सदैव उसका आनन्द परा शक्ति के धरातल पर ही मिलता है। यहाँ वैखरी, पश्यंती, मध्यमा आदि स्थितियाँ उसी तरह विसर्जित हो जाती हैं, जिस तरह मौरा पहने हुए राजा राम में एक साधारण वर विसर्जित हो जाता है। जिस तरह अप्पा जी के सेहरा में दादी का गाया विवाह विसर्जित हो जाता है। ऐसा गायक की अनूठी कलासिद्धि के कारण ही संभव होता है।

16.

मुझे हमेशा यह लगता रहा है कि कोई भी भक्ति का पद हो या शृंगार का वर्णन, उसकी व्याख्या या टीका उतनी गहराई से लिखकर या बोलकर व्यक्त नहीं की जा सकती, जितनी उसको गाकर हो सकती है। किसी सन्त का लिखा हुआ कोई सुंदर पद, सवैया जब गायक अपनी तन्मयता से राग में निबद्ध करके गाता है, तो अर्थ की व्यंजना बहुत दूर तक, बहुत गहरे और अनन्त तक न सिर्फ अनुभूत होती है, बल्कि शंख के वलय की भाँति एक बड़ा सुर का वृत्त बनाती हुई उत्तरोत्तर ऊर्ध्वगामी आगे बढ़ती है, जो स्वर के धीमा होने पर भी कुछ देर तक बची रहती है। तुलसीदास का लिखा 'गाइये गणपति जगबन्दन' उतना अर्थगाम्भीर्य व्याख्या में नहीं देता, जितना उस क्षण देता है, जब कोई सांगीतिक व्यक्ति उसे गाता है। अप्पा जी ने यही पद जब राग शंकरा में गाया; तब जान पड़ा कि एक भावक और साधक के बीच जो अनजाना रिश्ता बना रहता है उस पर संत और श्रोता दोनों की श्रद्धा गतिशील रहती है। इसी तरह कबीर का 'राम निरंजन न्यारा रे' का अर्थ-विस्तार पूरी पराकाष्ठा पर जा पहुँचता है, जब कुमार गन्धर्व उसको स्वर देते हैं। पं. ओंकारनाथ ठाकुर 'मइया मोरी मैं नहीं माखन खायों' का स्वराभिव्यक्ति से अर्थ सम्प्रेषण करते हैं।

क्या सुरों में यह व्याख्या करने की कला या टीका करके सब बन्धों को खोल देने की शक्ति होती है?

क्या शब्द, सुरों से कौतुक करते होंगे?

क्या गायक उस पारलौकिक सत्य (मेटाफिजिकल ट्रुथ) के समीप जा पहुँचता है, जहाँ से उसके स्वर उस प्रकाश में आलोकित हो जाते हैं, जिससे अर्थव्यंजना असीम तक पहुँचती जान पड़ती है?

हो सकता है ऐसा होता हो कि गायक और सन्त (जिसने पद रचा है) मिलकर एक ऐसा धरातल बनाते हों जिस पर सामान्यजन के विश्वास को प्रतिष्ठा मिलती हो। या फिर यह हो सकता है कि वे गाते-गाते अपने सुर वृत्त की सीमा से बाहर

चले जाते हों, जहाँ आदमी और ईश्वर के बीच का फर्क मिट जाता है।

या ऐसा होता होगा कि हम सांगीतिक प्रस्तुतियों को सुनते हुए, उन स्थापनाओं पर जाकर इस तरह विकेन्द्रित हो जाते हैं कि गायक का पूरा अस्तित्त्व विलीन हो जाता है।

17.

बालाजी मंदिर के घाट के समीप मंगलागौरी का स्थान है। इससे थोड़ी दूर पर शीतला घाट है। काशी की यह खासियत है कि जब कोई नवविवाहित पुरुष, स्त्री को विदा कराकर अपने घर लाता है, तब वह शीतला घाट पर जाकर अपने गार्हस्थ्य जीवन को स्थाई और मांगलिक बनाने के लिए गंगा की पूजा करता है, उसे साक्षी बनाता है कि उसका वैवाहिक जीवन गंगा के द्वार पर पूरी सफलता से निभे। गंगा उनको असीसती हैं, घर की स्त्रियाँ गंगा की पूजा कराती हैं। घाट पर सिंदूर टीका जाता है, फल, फूल, कलावा, अक्षत, दूध, हल्दी, दूब, मिठाई, काँच की चूड़ी, सुहाग पिटारी जिसमें कच्चा सूत, महावर, बिन्दियाँ (देशज शब्द में 'टिकुली') व शृंगार की अन्य चीज़ें रहती हैं, गंगा पर चढ़ाई जाती हैं। साथ में लोग गाते-बजाते हुए जाते हैं। शहनाई, डुगडुगी, ढोलक के मिले-जुले स्वर पानी पर पड़ते रहते हैं। सुहागिन मंगलागौरी का दर्शन करके अपनी देहरी लौटती है और गार्हपत्य अग्नि जुटाने में तल्लीन हो जाती है।

यह गंगा पुजैया काशी की बड़ी अद्भुत पहचान है। बिना गंगा को साक्षी किए कोई भी दंपत्ति अपनी गृहस्थी का आरंभ नहीं करता। इस परंपरा की विशिष्टता यह भी है कि तमाम सारे गायक, फनकार व संगीत रसिक अपनी अभिव्यक्तियों में प्रधानता से गंगा पुजैया के पद गाते हैं, अगर वे काशी के हैं या उन्होंने काशी को अपनी कर्मस्थली के रूप में चुना है। इस अवसर पर गाये जाने वाले तमाम सारे गीत कजरी के एक विशेष प्रकार 'घाटो' की श्रेणी में आते हैं। घाट पर नदियों के संबंध में तमाम प्रकार की कथा, किंवदन्तियों का गायन इसी के अन्तर्गत होता है। उस्ताद बिस्मिल्ला खाँ ने तो 'गंगा दुआरे बधइया बाजे' पद को अपनी साधना से जोड़ लिया है। वे गंगा के प्रेम में इस कदर डूबे हैं कि एक बार बताने लगे "भइया इस गंगा में बड़ी तासीर है। तमाम सारे राजा महाराजा, कलावन्त, साधु-सन्त, गवैये और आम लोगों ने इसके पानी को गले लगाया है। यहाँ काशी में पेशवा आए, मराठा, होल्कर, अहिल्याबाई, तुलसी बाबा, कीनाराम और तमाम सारे अवधूत

जोगी सभी के आश्रम तुम्हें गंगा किनारे मिल जाऐंगे। .ख़ुदा का नाम लेकर कहता हूँ मियाँ, बड़ी सुरीली है यह गंगा मइया। मैं तो बार-बार इसे सुनाता हूँ—तोहरे दुआरे बधइया बाजे, बड़े नेमत की बात है कि अगर इसका पानी देह से लग जाए तो सुर ही सुर होगा भीतर। कोई किसी से झगड़ नहीं सकेगा। क्योंकि कोई बेताला-बेसुरा नहीं बचेगा। सभी एक सुर में हो जाऐंगे।''

अप्पा को भी असीम श्रद्धा गंगा से है। वे अपने को काशी की बेटी मानती है और गंगा वहाँ सबकी माँ है। गंगा को लेकर एक निर्गुण प्रसिद्ध है—

ई सुन्दर सारी मोरी नैहर मइल भई
का लइके जइबे गवनवा हाय राम
गंगा नहाई सुरज पइयाँ लागि आई
माँग आई एको मँगनवा राम
हे गंगा मइया तोहे पियरी चढ़इबै
पिया से कइदा मिलनवा हाय राम

पियरी और राम नाम के चक्कर में यदि गंगा फँसती हैं, तो अपवित्र हो चुकी साड़ी को पुनः पवित्र करना पड़ेगा, अन्यथा स्त्री तमाम तरीकों से गंगा को मनाएगी कि उसका गौना सकुशल संपन्न कर दे और उसका सुहाग अमर रहे।

गंगा भारतीय परंपरा में अदम्य आस्था का एक शक्ति केन्द्र बन जाती हैं। उनकी उपस्थिति मात्र नदी की संज्ञा नहीं, स्त्री की तमाम आशाओं, आकांक्षाओं और कुछ भी अप्रत्याशित दे देने वाली एक आध्यात्मिक चरित्र की है। अवध क्षेत्र में भी तमाम तरह के देवी गीतों, सोहर एवं ऋतु वर्णन में भी जब-तब गंगा मौजूद रहती हैं। 'झाँझर गेडुवा गंगाजल पानी' एवं 'सोने की झारी गंगाजल पानी' जैसी पंक्तियाँ इन गीतों में स्थाई भाव से जुड़ी रहती हैं और गीत में कई बार टेक के रूप में लौटती हैं, जैसे स्वयं गंगा लौटती है शिव के जटाजूट में। शिव लौटते हैं, सब कुछ दान करने के बाद; अन्नपूर्णा से भिक्षा माँगने काशी में। और हम लौटते हैं बार-बार अपने दुर्दिन में इन परंपराओं की ओर, स्वयं के द्वारा किए गए निर्णयों को इनके शीशे में प्रतिबिम्बित होता हुआ देखने के लिए कि हमारा सच इनके तराजू और बाट पर कितना खरा उतरा है। इसी कारण हमारी आस्था का संपुंजन इन प्रतीकों में मिलता रहा है। कभी-कभी ये प्रतीक कलाकारों के फन में मूर्त्त रूप में दिख भी जाते हैं।

18.

गिरिजा देवी के लिए भावों की सरलता उनकी गायकी की सबसे बड़ी प्रतिबद्धता है। यह चीज़ उनके गायन के आरंभिक दौर से लेकर आज तक बड़ी सहजता से हमें मिल जाती है। अपने शिष्य-शिष्याओं को भी वे भावों की सरलता के प्रति गाहे-बेगाहे सचेत करती रहती हैं। वे मानती हैं कि गायक को उसका सर्वोत्तम तब सुलभ होता है, जब सरलता से जो भाव निकल रहा हो उसे निकलने दिया जाए। उन्हें कदापि नहीं रोकना चाहिए। गाते समय बहुत मुश्किल बोलों से पर्याप्त परहेज भी करना चाहिए, जो भावाभिव्यक्ति में अत्यन्त दुरूह हो जाते हैं। जैसे एक बार बताने लगीं—कोई कहे भी कि आप ध्रुपद गाइए, तो आप उसे कितना गाऐंगे। ध्रुपद का बोल है —**"दानव दलन कार अम्ब चढ़ि मृगराज घालनि असुरराज पालनि सुरराज"** इसे गाऐंगे तो कितने लोग समझेंगे। इसका अर्थ है—सिंह पर चढ़ कर महारानी दुर्गा आ रही हैं, असुरों का नाश करने और देवताओं के प्राणों की रक्षा के लिए। अब कितने लोग समझेंगे यह बोल-बनाव। और वैसे भी यह वीररस की बंदिश है। अब गायक यदि वीर रस में अभिव्यक्ति करे तो सुरों का शृंगार खत्म हो जाता है। गाते वक्त द-द-द की आवृत्ति से शब्द कटेंगे और सुनने वालों का आनंद कम होता जाएगा। बड़ी सहजता से आगे बोलीं—"हम तो भइया यही इतना जानित हैं कि जइसे पूजा के समय देवता का सुन्दर-सुन्दर फूलन से सजावा जात है, धूप दीप और सुगंध दिखाई कै देवता और खुद आपन मन पवित्र होत है, वइसे ही गायकी का भी होयेक चाही। इ बात नाहीं की ध्रुपद, धमार, तराना ना गावै। मतलब हमार यह है कि सुनै वाला, आप के सुर मा डूब जाय। पानी की तरह बहता हुआ बोल चुन के ऐसे गावो कि सुनै वाला पूरा संगीत कै आरती पूजा देख ले। बिना सुगंध के भी महक जाय चारों ओर।"

यह तर्कशास्त्र का निषेध करके लोकमानस की प्रतिष्ठा के मनोनुकूल तथ्य है। अतः सही भी और यथेष्ट भी। एक दिन अप्पा बताने लगीं कि राधाकृष्ण का मोहक रूप उन्हें सदैव आकर्षित करता है क्योंकि एक साथ इनके पदों में प्रेम,

शृंगार, वात्सल्य एवं भक्ति सभी मिल जाते हैं। गिरिजा देवी का तर्क है कि गायकी कृष्ण के वंशी बजाने की तरह होनी चाहिए। कारण यह कि जब कृष्ण वंशी बजाते थे, तो घर-घर न्यौता नहीं बँटता था कि चलो आज कृष्ण का वंशी वादन है। आज की तरह कोई कन्सर्ट का कान्सेप्ट नहीं था उस युग में। वंशी बजती थी और पूरा गोकुल, मथुरा, वृन्दावन विभोर हो जाता था। सभी कुछ अपनी सामान्य गति से अलग हटकर असामान्य परिधि में जड़वत प्रतिष्ठित होने लगता था। यही वजह है कि कृष्ण की वंशी इतनी मोहक और इतनी जन सामान्य में रची-पगी थी।

लोकप्रियता का एक आधार सरलता की ओर लौटना है। हो सकता है, कृष्ण यही भाव लेकर वंशीवादन में उतरते रहे हों। गिरिजा देवी इन्हीं कारणों से कृष्ण की अनुचर बनकर लोक प्रतिष्ठा अर्जित करने का गुरुमंत्र बताती हैं। यह सही भी है, सरलता से ही बड़ी-बड़ी संभावनाएँ जन्म लेती हैं।

19.

भारतीय परंपरा में जब बच्चा जन्म लेता है, उस क्षण शुरू होने वाले मांगलिक विधानों में नदियों, वनस्पतियों, औषधियों, मिट्टी के तमाम तरह के बर्तनों आदि का विशेष अर्थ वह उपयोग होता है। यह सारे संसाधन शिशु के जन्म को अनेक प्रकार से पर्यवसित करते हैं।

षष्ठी देवी, षोडश मातृकाएँ, वरुणदेव, स्थानदेवता आदि का पूजन भी अपनी प्राचीन परंपरा के निर्वाह का आश्रय बन जाता है।

मुझे हमेशा से लगता रहा है कि—सारी रूपंकर निर्मितियाँ क्या मानव सभ्यता के जन्म का प्रतीकात्मक रूपान्तरण तो नहीं?

क्या इसी कारण समस्त गेय अभिव्यक्तियों में ऋतुएँ, दिंन-रात, नदियाँ, वनस्पतियाँ तथा अन्यान्य प्राकृतिक वस्तुएँ प्रमुखता से मौजूद रहती हैं?

सोहर, नकटा, कजरी उलारा, चैती, बारामासा आदि क्या आज में परंपरागत मान्यताओं के स्थानापन्न है?

20.

मैंने पूछा—आपका पसंदीदा रंग?
गुलाबी, चन्दन और सफेद अप्पा ने बताया।
अप्पा से फिर पूछा—
आपके मनपसंद व्यंजन?
मूँग का हलवा, बेसन का चिल्ला, रसमलाई, मक्खन और मलाईपाक अप्पा ने बताया।
आपका पसंदीदा पहनावा?
साड़ी, खासकर चिकन, सूती, चन्देरी, कश्मीर कढ़ाई की
और पुराने जामेवार काम वाली, जवाब मिला।
मैंने पूछा—आपका प्रिय स्थान?
काशी और कलकत्ता (अब कोलकाता) अप्पा ने बताया।
आपकी पसंदीदा फिल्म कौन सी है?
सोहराब मोदी की "झाँसी की रानी" अप्पा की तरफ से जवाब मिला।
मैंने पूछा—प्रिय अभिनेता और अभिनेत्री?
साहू मोदक, प्रेम अदीब और अमिताभ बच्चन अभिनेताओं में और मेहताब अभिनेत्रियों में पसंद थीं, अप्पा ने बताया।
आपका प्रिय कवि जिसकी रचनाएँ सबसे अधिक गाने का मन करता हो?
सूरदास, जवाब मिला।
सबसे ज्यादा आनन्द कब महसूस होता है?
गाते वक्त जब लगता है कि आज एक-दो सुर सच्चे लग गए।
और कोई बढ़िया पान खिलाये तब।
इतना कहकर वे खिलखिलातीं हैं।
हमें उनकी यह सहजता अच्छी लगती है।

गिरिजादेवी के प्रथम गुरु स्व. पं. श्रीचन्द मिश्र

गिरिजा देवी के दूसरे गुरु स्व. पं. सरयू प्रसाद मिश्र

गिरिजा देवी तानसेन संगीत सम्मेलन में गायन करते हुए–1976

21.

सांस्कृतिक अवगाहन के कुछ अव्यक्त आतंक भी होते हैं। ऐसी धारणा का सीधा सा मन्तव्य बस इतना ही है कि हम जिस समाज में रहते हुए उसकी संस्कृति के सकारात्मक पक्षों के प्रति उत्तरदायी होते हैं, ठीक उसी समय सांस्कृतिक भूगोल (जिसमें स्वयं समाज उपस्थित रहते हुए संस्कृति का मुखापेक्षी होता है) अपने आमंत्रित समय का बराबर निषेध करता रहता है। एक अर्थ में यदि हम मान लेते हैं कि एक ही मंच पर लेखक, शास्त्रीय गायक, सितारवादक, इतिहासकार, रंगकर्मी एवं चित्रकार सभी साथ-साथ मौजूद हों, तो उस समय जो सांस्कृतिक बहुलता अपना रूप निर्धारण करेगी उसमें एक ही वृत्त में अलग-अलग बिंदुओं पर हमारा साहित्य समय, इतिहास समय, नाद समय, रंग समय एवं संगीत समय अपने अपने पूर्वग्रहों, संस्कारों एवं सीमाओं के साथ विन्यस्त होंगे। परन्तु कोई भी रूपंकर समाज एक साझा स्वर नहीं दे पाएगा, जिससे हम अपनी सांस्कृतिक छवि का स्थाई स्वरूप गढ़ सकें। यहीं पर वह अव्यक्त आतंक जन्म लेता है, जिसके कारण कोई भी अभिव्यक्ति स्थायी नहीं रह पाती। थोड़ी देर के लिए हम किसी शास्त्रीय-गायक के आलाप में अपने को उपस्थित करते हैं ठीक उसी के अनन्तर हमें किसी कवि का निर्गुण या कोई दूसरा पद याद आने लगता है। कविता का आनंद अथवा साधारणीकरण पूरा नहीं हो पाता और मन अमूर्त्त चित्रों और रेखांकनों में उलझ जाता है। इसी तरह अन्य कलाएँ एवं अभिव्यक्ति की सरणियाँ हमारे बौद्धिक स्पेस को भिन्न-भिन्न कोणों से प्रभावित करती हैं। अतः यह मानना कि फलाँ गायक को सुनते हुए वह समय नहीं रचा जा सका, जो कबीर या नन्ददास को पढ़ते हुए सुलभ हआ। इसका एक आशय यह हो सकता है कि कलाविद का प्रदर्शन तो जो भी अच्छा या बुरा रहा हो, है ही। उसके साथ हमारा संबंध कितना और कैसा, स्थाई या साधारण, पूरा या आधा बना, नहीं बना।

हर संस्कृति अपने 'सत्य' का अनुसरण करती हुई एक परमसत्ता में अपने पूरे अस्तित्व को मिलाती रहती है और सांस्कृतिक समाज उसके प्रकाश से दीप्त

अपने वर्त्तमान को उसमें प्रतिबिम्बित पाता है। शायद यही संस्कृति का वह विशिष्ट संकाय बनाता है, जिसमें सत्य कई तरह से कलात्मक समाज में स्वयं को प्रतिष्ठित करता है। यह स्थिति कभी 'सोहम्' के रूप में व्यक्त होती है तो कभी दर्शन आधारित प्राग्ज्ञान में परिवर्तित हो जाती है। गालिब अपने शेरों में जिस 'बर्के-तजल्ली' की बात करते हैं, यह वैसी ही अंतःप्रज्ञात्मक ज्ञान की पुनः अन्वेषण की स्थिति है।

संसार के तमाम सारे बुद्धिजीवी अपने सत्यों का अनुसरण करते हुए किसी दूसरे सत्य की तह तक पहुँचते हैं अथवा पहुँचने के लिए प्रयत्नशील रहते हैं। साधारण लोगों को संस्कृति एक भारी भरकम अर्थ में आतंकित किए रहती है; ठीक उसी तरह जैसा कि उपनिषद् कहती है—'प्रज्ञापराध एव एष दुःखमिति यत्' अर्थात् जो कुछ भी दुःख है, वह प्रज्ञा का अपराध ही है। जो जहाँ जिस तरह है, उसको वहाँ, वैसा न समझने की वजह से दुःख पैदा होता है। हम अपनी प्रज्ञा को इतना अधिक उस आतंक से निरपेक्ष रख सकें कि हमारा 'सत्य' आसानी से हमें मिल जाए एवं जो जैसा है, उसे वैसा ही ग्रहण करने की दृष्टि विकसित कर सकें; तभी एक सार्थक समाज में स्वयं को प्रतिष्ठित कर पाएंगे। ऐसे जिज्ञासु और सचेत्र समाज में समय कुछ सार्थक एवं स्थाई की स्थापना करता है तथा उस अव्यक्त आतंक को पीठ दिखाते हुए संस्कृति का मुखापेक्षी बना रहता है।

22.

हम सभा समारोहों में सुनते हुए बहुत कुछ अनसुना भी छोड़ना चाहते हैं। एक पद का गायन पूरा हुआ नहीं कि दूसरा शुरू हो गया। बस यहीं असहज हो सकने की गुँजाइश पैदा हो जाती है। इस बहुत घबड़ाए और अपनी ही थकान से सुस्त समय में एक क्षण की अल्हड़ शांति भी किसी गाये जा चुके पद जितनी मोहक हो सकती है। उस निहायत अल्पप्राण शांति में एक चिड़िया की उपस्थिति किसी राग के खटका, मुर्की के साथ विस्तार से कम नहीं। यहाँ यह जरूरी नहीं कि पक्षी किस प्रजाति या वर्ण से निकल कर आ रहा है। वह नीलकंठ, मैना, कोयल से लेकर किलहटी, गौरैया या टिटहरी कुछ भी हो सकती है।

द्रुत में जाकर पुनः विलम्बित में लौटना, ऐसा ही मौन आस्वाद पैदा करता हैं अनसुने शब्द (स्वर) जो मीड़ लेते वक्त छूट जाते हैं, कभी-कभी पकड़ में आने पर पूरे पद को बिल्कुल नई जीवंतता बरज देते हैं।

ठुमरी में इसकी गुँजाईश कम होती है। ध्रुवपद में हम ऐसे अनेक स्थल बनते देखते हैं। शायद इसी कारण निर्गुण पदों का चयन ध्रुवपद गायन के लिए किया जाता रहा है। निरंजन की व्याख्या अपरिमित शांति के वातावरण में ही अर्थ का गांभीर्य ग्रहण करती है। गुरु ग्रन्थ साहिब में ऐसे निरंजन की आरती के प्रसंग में **'कैसी आरती होई भवखंडना तेरी आरती'** की बात कही गई है।

अपनी पूरी समग्रता में भी ऐसा निरंजन अखंडित कैसे रह सका?

अपनी पूरी अपूर्णता में भी सुर अखंडित रहना चाहिए।

23.

गंगूबाई हंगल। गिरिजा देवी की समकालीन परंतु उनसे वरिष्ठ गायिका। अपनी ख्याति से असंपृक्त रहने वाली किराना घराने की एक अद्‌भुत उपस्थिति, जिनकी गायकी अपनी समृद्ध विरासत की शास्त्रीय अभिव्यक्ति है। अप्पा बेहद प्रभावित हैं इनसे। यह पता लगा पाना बहुत मुश्किल है कि अप्पा का गंगूबाई जी के प्रति स्नेह अधिक है या आदर। लगता है, स्नेह व आदर आपस में द्रुत एवं विलंबित की तरह एक दूसरे से आगे निकलने की होड़ में उठापटक करते रहते हैं।

अप्पा के हृदय में रहने वाली श्रद्धा, जो गंगूबाई जी के प्रति है देखकर लगता है, क्या गंगूबाई जी के मन में भी अपने किसी पूर्ववर्ती या समकालीन कलाकार के प्रति इतनी श्रद्धा होगी? ठीक उस तरह जैसे रामकृष्ण परमहंस के मन में उस्ताद अलाउद्दीन खाँ के लिए रहती थी?

विभिन्न क्षेत्रों से निकलकर आने वाले दो बौद्धिकों के मन में जितना आदर परस्पर रहता है, क्या उतना ही संशय भी रहता होगा?

क्या दो घरानों की आपस में उठापटक नहीं होती?

एक रचनात्मक प्रतिस्पर्द्धा?

एक रचनात्मक उठापटक?

जरूर होती होगी, जैसा कि अप्पा की शिष्या सुनन्दा शर्मा ने मुझे बताया था–"गुरुजी ने (अप्पा जी) मुझे शास्त्रीय संगीत के अतिरिक्त कुछ अलग प्रकार की गायकी भी सिखाई हुई है, जो स्वयं उन्होंने अपने गुरु (कान पर हाथ रखती हैं) स्व. पं. श्री चंद मिश्र से प्राप्त की थी। ये विशिष्ट गायकियाँ हैं और सख्त हिदायत है कि इनका प्रदर्शन नहीं करना है। मसलन गुल, बैत, नक्श, रूबाई, छन्द प्रबंध, कौल कलवाना (कव्वाली से मिलती जुलती गायकी का एक प्रकार), धरू (राजा महाराजाओं के यहाँ शौर्य गाथा गायन) आदि को किसी के आगे भी नहीं गाना है, जब तक गुरु आज्ञा न हो।" मैंने आपत्ति जताई। यह तो ठीक बात नहीं। फिर आपको यह सब सीखने से क्या फायदा, जब आप उसका प्रदर्शन नहीं कर सकतीं।

सुनन्दा कहने लगीं–"यह बात नहीं। जब कोई वरिष्ठ गायक, कलाकार, अप्पा जी के गुरुभाई या सहोदर वादक आदि में से कोई भी चुनौती देने लगे कि मैंने फलाँ चीज गाकर या बजाकर दिखाई है, जो आज दुर्लभ है। तब इसके समानान्तर तुम क्या गा बजा सकती हो, वह करके दिखाओ जो हमें कहीं और देखने या सुनने को न मिले। वह सिर्फ तुम्हारी गुरुशिष्य परंपरा में ही मिलती हो। हमें तब यह प्रदर्शन करने की अनुमति है, क्योंकि उस क्षण गुरु की प्रतिष्ठा भी जुड़ी रहती है। तब मैं कुछ भी गुल, बैत, धरू, नक्श में से चुनकर गा सकती हूँ।"

संगीत में गुरु शिष्य परंपरा एक सामान्य एवं सर्वमान्य सी घटना है। परंतु सुनन्दा शर्मा से बात करने के बाद पता लगा कि यहाँ कुछ गूढ़ विद्या दान का भी रिवाज रहा है, जो सही समय आने पर उसी तरह प्रयोग में लाई जा सकती हैं जैसा पुराण काल में युद्ध के अवसर पर कोई अस्त्र-शस्त्र मँगाकर की जाती थी।

यह दिलचस्प प्रसंग है, लेकिन प्रशंसनीय नहीं। इस तरह के निर्वाह में जो गड़बड़ी है वह यह कि धीर-धीर ऐसी दुर्लभ चीजें हमारी सभ्यता से बाहर चली जाती हैं और उनका होना हम कथा-किंवदन्तियों की तरह वर्षों बाद तक मानते रहते हैं। शायद इसी तरह के कारणों में से किसी कारण की वजह से चुक्का, सुनाद्री, काहला, तुरही जैसे वाद्य यन्त्र लुप्त हो गए और बिरदावली, गन्धर्व गान, मुबारकबादी, नकटोरा और पचरा जैसी गायन शैलियाँ धीरे-धीरे हमारी विस्मृति का अंग बन गई। यह अवान्तर प्रसंग है, जिसके बारे में लम्बी चर्चा यहाँ गैर जरूरी है। इसे यहीं छोड़ते हैं। हम फिर वहीं से बात उठाते हैं जहाँ दो विभूतियाँ अपनी विशिष्टताओं के चलते एक दूसरे के प्रति आत्मीय व सम्मानजनक सम्बन्धों का निर्वाह कर रही हैं।

गंगूबाई हंगल के प्रति गिरिजा देवी का मन्तव्य बहुत खरा है। यह इस बात से लगता है, जब वे कहती हैं–"अरे भईया! गला तो गंगूबाई जी के पास है। क्या गायकी है। ऐरी पाटदार आवाज और पुख्ता गायकी जल्दी देखे नाहीं मिलत। अईसे लागत है कि चार पाँच जनम के पुण्य बटोर के उतरी होवैं। उनके आगे बाकी सब लोग फीका पड़ जात हैं।"

इसी तरह वे निर्मला देवी के प्रति भी प्रशंसात्मक हैं।

इसी तरह वे किशोरी अमोनकर के प्रति अपनावे से भरी हैं।

इसी तरह वे उस्ताद अमज़द अली खाँ को छोटे भाई का सम्मान देती हैं।

इसी तरह कलाकारों को एक दूसरे के प्रति सहिष्णु एवं उदार होना चाहिए। कभी-कभी थोड़ा निर्मम एवं प्रश्नातुर भी, जिससे ज्योति की शक्ल में कला की प्रखरता निर्बाध रूप से निभती रहे, कभी मंद न होने पाए। हमें यह कभी भी भूलना नहीं चाहिए कि आखिर वे ही हमारे जातीय गौरव एवं संस्कृति के प्रति हमें आस्थावान एवं उत्तरदायी बनाते हैं।

गंगूबाई हंगल

24.

महफिल अपने पूरे उत्कर्ष पर थी। गिरिजा देवी अपने स्वर व आलाप का व्योम रचकर उस रहस्य के बाहर निकल आईं थीं। वहाँ ऐसा कुछ भी अधूरा नहीं छूट रहा था कि आप कहीं से भी उसमें शामिल हो सकें और आसानी से सम पर आ जाएं, जिससे आपकी उपस्थिति का वृत्त पूरा हो जाए। वह महफिल भरी-पूरी तानों से निबद्ध उस सुघड़ बंदिश में तब्दील हो चुकी थी जिसका आदि-अन्त सभी गायक और श्रोता में पूरा-पूरा विन्यस्त हो चुका था।

सभी समकालीन एवं परवर्ती कलाकार उस राहस्यलोक में सुर का गुजर जाना काफी देर बाद तक महसूस करते रहे। सभी का समवेत स्वर यही कह रहा था–''वाह! क्या खूब! गिरिजा वाह! गिरिजा...गिरि...जा'' इतने में थोड़े अधीर हो रहे बिस्मिल्ला खाँ साहब, जो खुद उस व्योंम में फँस चुके थे और उस रहस्य को देर तक बने रहने देना चाहते थे, तपाक से बोले–

> **''अरे! गिरिजा इन सबकी एक न सुनना। ये सब तो कहेंगे ही गिर जा, मगर मैं तुमसे कहता हूँ कि संभल जा, गिरना मत, संभल जा गिरिजा।''**

25.

गिरिजा देवी मानती हैं कि ठुमरी का विकास मुगल दरबारों की देन है। सरस रागों में छोटी-छोटी बंदिशों की लयदार अदायगी, इसी दरबार गायकी की उपज रही है। अब्दुल हलीम 'शरर' 'गुज़िश्ता लखनऊ' में लिखते हैं—**वाजिद अली शाह के संगीत प्रेम के कारण सुरुचि रखने वाले गवैयों ने भी राग-रागनियों की क्लिष्टता को त्यागकर छोटे-छोटे, सादे, दिलकश और आम लोगों के लिए सुगम विषयों पर संगीत रचना आरंभ कर दी। जनता में गज़ल और ठुमरी का प्रचलन हो गया। ध्रुपद, होरी आदि जो बहुत कठिन राग हैं उनकी और उपेक्षा की गई। खमाज, झिंझौटी, भैरवी, सुनिद्रा, तिलक, कामोद, पीलू वगैरा छोटी-छोटी मजेदार रागिनियाँ संगीत प्रेमियों के लिए चुनी गईं और यही चीज़ें बादशाह को भी पसंद थीं क्योंकि वे उनके स्वभाव के अनुकूल थीं। ये रागिनियाँ लखनऊ के संगीत प्रेमियों को इतनी पसंद थीं कि आज सारे हिन्दुतान में लखनऊ के सफेद खरबूजों की तरह लखनऊ की भैरवी भी मशहूर हो गई।**

एकबारगी देखने से यह जान पड़ता है कि उपशास्त्रीय गायन का प्रसार भी दरबारी संस्कृति का अंग रहा है। मगर यह तथ्य उतना ही सही लगता है, जितना हमारे समाज में संगीत का स्वीकार्य होना। बावजूद इसके कि दरबारी व्यवस्था कभी भी पूरे समाज के द्वारा न तो स्वीकार की गई, न ही प्रशंसित रही। फिर वह कौन से कारण हो सकते हैं कि ठुमरी, टप्पा, ख्याल को इतनी व्यापक स्वीकृति और फैलने का इतना बड़ा अवकाश मिल सका। गिरिजा देवी की तरह अनेक पूर्ववर्ती एवं समवयस्क गायकों ने अपनी छवि से न केवल अपना सम्मोहन गढ़ा बल्कि, धीरे-धीरे गायकी के इन अंगों को प्रतिष्ठा भी दिलाई। यह सही है कि वाजिद अली शाह संगीत मर्मज्ञ थे और उसके विकास के लिए (भले ही वह अपने पसंद की दिशा में रहा हो) पर्याप्त प्रोत्साहन व प्रश्रय देने में आगे रहे। 'नाजो' और 'बनी' जैसी मौलिक कृतियाँ उनकी कलाजगत के प्रति समर्पण को ही व्यक्त करती हैं।

शरर एक दिलचस्प बात यह उठाते हैं कि अयोध्या, मथुरा और बनारस में

तथा इन शहरों के आस-पास जो संगीत क्षेत्र था, वह हिन्दू संगीत का केन्द्र था। इस तथ्य के कई पाठ हो सकते हैं। एक पाठ यह हो सकता है कि हिन्दू गायक-गायिकाओं तथा हिन्दू घरानों ने ही इन जगहों पर संगीत का कार्य आरंभ किया होगा। दूसरा यह कि एक विशेष प्रकार की गायकी और उससे निःसृत परंपरा बननी शुरू हुई होगी जिसका मूल स्वर हिन्दू धर्म से संबंधित मधुरोपासना का गायन आदि रहा हो, जैसा कि मथुरा-वृन्दावन में 'अष्टछाप' के भक्तों की रचनाओं का प्रसार एवं मठ-मंदिरों में गाया जाने वाला 'हवेली संगीत' विकसित हुआ।

तीसरा कोण यह हो सकता है कि ऐसे स्थानों में कथा वाचकों, कथिकों, भावसंगीत गाने वाले कलाकारों एवं घर-घर लोकसंगीत के द्वारा स्त्रियों की दिनचर्या में संरक्षित उन तमाम प्रकार के संस्कार गीतों ने जन-साधारण में धीरे-धीरे लोकप्रियता अर्जित की होगी। यह चीज़ उस तरह की उपलब्धि हो सकती है, जैसी चैतन्य महाप्रभु ने जयदेव के 'गीत-गोविन्द' की प्रसिद्धि 'यात्रा' नाटकों के द्वारा (जिनको कृष्ण-जात्रा भी कहते हैं) बंगाल जैसे प्रान्त में की।

मगर मेरा ध्यान जिस ओर जाता है, वह यह कि हिन्दुओं ने मुगल दरबार की चीज को अपनाया तो जरूर, मगर अपने तौर-तरीकों से। उसकी काट-छाँट करके एक संश्लिष्ट और संवर्धित रूप में स्वीकार किया, जो आज भी प्रशस्त दिखाई पड़ता है। बनारस में दो प्रकार की ठुमरी का प्रचलन शायद इसी कारण रहा हो। ठुमरी लखनऊ में विकसित होती है और बनारस जाकर अपने प्रखर रूप में प्रचलित हो जाती है। तब इसका सीधा सा एक अर्थ यही बनता है कि बनारस के गवैयों ने अपनी शैली में लखनऊ की गायकी को अपना लिया। मुस्लिम राजदरबार के संगीत का हिन्दू संगीत में स्थानांतरण हो गया और गायकी का एक नया प्रकार सामने आया, जो बनारस, मथुरा और अयोध्या की नई पहचान बना। लखनऊ का संगीत वैसा ही रहा, जैसा वह शुरू में था, मगर बनारस ने उसे अपने देसी रंग में ढाल लिया। इसी कारण ठुमरी के बोल, बंदिशों में इन दोनों जगहों पर अभूतपूर्व अन्तर मिलता है। बनारस की दोनों ठुमरियाँ क्रमशः बंदिश की ठुमरी एवं बोल-बनाव की ठुमरी बेहद प्रसिद्ध रही हैं। स्वयं गिरिजा देवी इनके बारे में बताती हैं—"वास्तव में काशी की जो ठुमरी है, उसकी अपनी एक अलग विशेषता है। जो कि बहुत ही सीधी और बहुत ही स्वर की ओर, जिसे कहते हैं कि सीधे दिल में उसका असर हो, ऐसी चीज़ है। बंदिश की ठुमरी अब बहुत कम लोग गाते हैं। उसके गाने का भी तरीका बहुत अलग होता है। अगर बंदिश की ठुमरी है, तीन ताल, झप ताल, एक ताल में गायें जो अगर उसके ठुमरी बोल नहीं कहेंगे तो वह ख्याल हो जाएगी। और अगर बोल बनाऐंगे और बहुत जल्दी-जल्दी बोल बनाऐंगे तो वह दादरे का रूप पकड़ लेगा। इसलिए बंदिश की ठुमरी में कैसे ठुमरी के बोल बनते हैं और जो जैत वगैरा में हम सोलह मात्रे में गाते हैं, उसमें ठुमरी के बोल कैसे

बनते हैं और यह कि दादरे के बोल कैसे बनते हैं ऐसे तो हम भजन में भी बोल बनाते हैं। कजरी, होली, चैती जितनी चीज है सबके सब बोल बनाते हैं लेकिन शब्दों को देखकर उसमें संगीत भरते हैं। उसके भाव को देखकर उसको उस तरह करें तो वही वास्तविक रूप होता है। अगर ज्यादा खींचातानी करेंगे तो वह बिल्कुल खराब हो जाएगी। इसी तरह जो बोलबनाव की ठुमरी है वह बड़ी सादी भाषा में है। यह बोलचाल जो हमारे जीवन में बसा हुआ है, उसको ध्यान में रखते हुए पूरा भाव बनाकर गाना पड़ेगा। जैसे—''बहिंया क्यों मरोरी श्याम' में बहिंया मरोरी का भाव प्रदर्शन इतने नाजुक तरीके से करना पड़ता है कि सुनने वाले को यह न लगे कि बाँह मरोड़ते हुए वह टूट ही गई। (गाकर बताती हैं)''

आज इतने बरस बीतने के बाद ठुमरी और ख्याल गायकी का सबसे महत्वपूर्ण पक्ष यही नजर आता है कि मुस्लिम दरबारों से शुरू हुई इन परंपराओं ने दो विभिन्न समुदायों के कलात्मक आस्वाद को कहीं न कहीं जोड़े रखा है। वाजिद अली शाह हों या मुहम्मद शाह रंगीले, सदारंग-अदारंग रहे हों या बिन्दादीन, बख्शू नायक हों या स्वामी हरिदास, सभी हिन्दू मुस्लिम गायकों की स्वर-यात्रा में आसानी से दिख जाएंगे। ''हजरत निजामुद्दीन औलिया, अब मोरी नैया पार करो'' गिरिजा देवी के मांगलिक गायन में स्तुति की तरह उतनी ही शिद्दत से आ जाता है; जितना उस्ताद बड़े गुलाम अली खाँ के गायन में। यह मैत्री जो तमाम तरह के राजनीतिक व सामाजिक ऊहापोहों के बाद भी अगर संगीत के छोटे से भूगोल में बिना किसी द्वेष के आज भी बची रह पाई है, तो हमें इसके प्रति कृतज्ञ होना चाहिए। इससे बड़ी प्रासंगिकता मानवीय प्रवृत्ति में कोई और हो नहीं सकती कि आज भी संगीत में ऐसे मुक्त आकाश सुलभ हैं, जहाँ गिरिजा देवी के लिए किसी मुस्लिम शायर की कही बात उतनी ही सम्मानजनक है, जितनी उस्ताद बिस्मिल्ला खाँ के लिए—गंगा दुआरे बधइया बाजे।

26.

इधर कुछ दिनों से अप्पा से ढ़ेर सारे सवाल करने का मन कर रहा है। मैं जानता हूँ कि मैं यक्ष नहीं हो सकता, मगर क्या पता वे भी युधिष्ठिर न साबित हों। पता नहीं क्यों? बहुत सारे कौतूहल और जिज्ञासाएँ हैं मन में, जिनकी गाँठें कभी खुलें? न खुलें ? एक लम्बी चौड़ी फेहरिस्त बन गई है अन्दर और जब तक एक-एक करके सौदा-सुलुफ की लिस्ट की तरह सही के निशान में पूरी की पूरी टिक न हो जाए, घुमड़ती रहेगी।

मैं पूछते हुए इसलिए भी डर रहा हूँ कि ऐसे औचित्यहीन, असंगत प्रश्नों का भला क्या उत्तर हो सकता है। शायद हो भी सकता है मगर सभ्य समाज में ऐसी फालतू बातों का न कोई अर्थ होता है, न ही इनको इज़्ज़त की निगाह से देखा जाता है।

फिर भी पता नहीं क्यों? मेरे खाली दिमाग में कुछ चीजों की इकाई-दहाई बन रही है।

जरा देखूँ वे यक्ष प्रश्न क्या हैं?

टटोलूँ शायद हमारी युधिष्ठिर कुछ बता ही दें?

अप्पा, क्या आप अपने कपड़े खुद धोती हैं?

अप्पा, अक्सर आप अलग-अलग कँगन पहने रहती हैं, जैसे कपड़ों की तरह रोज़ कँगन बदलती हों। कितने गहने हैं आपके पास? कितना सोना?

अप्पा, कभी बेसुरी भी होती हैं आप?

अप्पा, खाने में क्या-क्या बनाना आता है आपको?

अप्पा, पान-सुपाड़ी पर महीने में कितना खर्च आता है?

अप्पा, क्या अभी भी बचपन में जीती हैं? घर में सजी ढेरों गुड़ियों को देखकर तो यही लगता है।

अप्पा, गुस्सा होती हैं?

अप्पा, दूसरों पर पैसा खर्च करने में कैसा लगता है, अच्छा या बुरा?

अप्पा, कहीं ऐसी जगह जाने का मन करता हो, जहाँ कोई गिरिजा देवी के रूप में पहचान न सके?

अप्पा, बचपन में कुछ स्वप्न व आकांक्षाएँ ऐसी जरूर रही होंगी, जिनसे अब मोहभंग हो चुका है?

अप्पा, सिनेमा देखती हैं? किस तरह का सिनेमा पसंद है?

अप्पा, जादू-टोने में विश्वास करती हैं? भूत-प्रेत से कभी डर लगा है?

अप्पा, कोई ऐसी घटना याद आती हो, जिसके बारे सोचकर अफसोस होता है?

अप्पा, क्या आपका मन कभी बनारस की गलियों में घूम-घूमकर कचौड़ी समोसा खाने का करता है?

अप्पा, सांसद या मंत्री बनना चाहेंगी?

अप्पा, अपनी कौन सी हरकत याद आती है, जिसे सोचकर आपको बेसाख्ता हँसी आती हो?

अप्पा, संगीत के क्षेत्र में किसी से डर लगा है?

अप्पा, अभी भी कोई इच्छा बाकी है, जिसे पूरा करना चाहेंगी?

अप्पा, पता नहीं और भी कितनी ऊल-जलूल चीजें मन में घुमड़ रही हैं, जिनका उत्तर जानना चाहता हूँ। मैं खुद ही नहीं जानता हूँ कि क्या-क्या और जानना चाहता हूँ?

27.

समस्त कला उपादानों में जो एक बात प्रमुखता से दिखाई पड़ती है वह अनुग्रह की कामना अथवा अनुगृहीत होने का भाव होती है। एक शास्त्रीय गायक गाते हुए जब आँखें मूँदता है, हाथों के विचलन से जो मुद्राएँ बनाता है, दरअसल वह मुद्रा-दोष नहीं होता। न वह सायास किया हुआ कोई क्रम होता है, जिसकी आवश्यकता गायन के समय पड़ती है। वह अनजाने में अपने दाय की अपने आन्तरिक भावोद्रेक से सामंजस्य बनाने की छोटी सी प्रक्रिया होती है। जो हम कह चुके, वह अब दूसरों की सम्पत्ति है। जो हम आगे कहेंगे, वह संगीत की पिटारी का ऐसा अद्भुत खिलौना है, जो अधीर हो रहे बच्चे (श्रोता) की तृप्ति बनेगा। वर्तमान में जो कहा जा रहा है, बस उतना ही गायक का सत्य होता है। शायद उसका मोक्ष भी। और उसके अपने कर्मों का अनुगृहीत भाव कि उसी बिंदु से उसे शक्ति मिलेगी और वह नये अनुग्रह की परिधि में पुनर्प्रतिष्ठित हो सकेगा। अज्ञेय की एक कविता का आशय है कि यह हरी-भरी धरती, यह सवत्सा कामधेनु, यह आकाश, बौर, अंकुर, कोंपलें, फूल, पत्तियाँ, यह प्रकृति सभी कुछ मैं तुमको देता हूँ क्योंकि सभी में मैं अपने को देता हूँ।

कला भी इसी तरह सभी में अपने को देती है। यह सबमें अपने को देना, सभी में अपने को पाना ही सच्चे अर्थों में अनुग्रह कामना और अनुगृहीत होना, दोनों हैं।

28.

बनारस वाले घर में हम सभी लोग एकत्रित हैं। गिरिजा देवी के साथ उनके शिष्य-शिष्याएँ भी। बाहर वाला कमरा, जिसमें एक किनारे काँच की आलमारी में ढेरों सजी-धजी गुड़िया रखी हैं। ऊपर दीवार पर अप्पा की सुंदर कैनवास पेंटिंग। सामने वाली दीवार पर विन्ध्याचल देवी की तस्वीर साथ में सरस्वती की पूजित पेंटिंग। रियाज करवाने के लिए नीचे कालीननुमा दरी पर शिष्य पीयूष एवं शिष्या रूपान सफेद चाँदनी बिछाकर, तानपूरा, हारमोनियम एवं एक बड़ा सा चाँदी का पनडब्बा रख चुके हैं। अप्पा का इन्तजार हो रहा है कि वे सोफे से उतर कर नीचे आएें। मगर ऐसा कोई संकेत उनकी ओर से न पाकर पीयूष बोल पड़ा—"आइए अप्पा माँ जिससे हम रियाज शुरू करें।"

अप्पा सुनते ही डाँटते हुए बोलीं—"पहिले चाँदनी ठीक करो। देखो कितनी सिलवट पड़ी हुई है। जब तक उठे बइठे का सहूर (शऊर) न आए, तब तक सुर कहाँ साधा जाए। एक बात गाँठ बाँध लो, बिना सलीके और अनुशासन के विद्या नहीं आवत। ई लक्ष्मी न होंय कि लड्डू बताशा खिलाय के खुश कै लो। ये सरस्वती होवैं, सेवा बिना नाहीं मानत हीं। इनका बड़े जतन से खुश किया जात है। समझे!"

चाँदनी पर सिलवटें अब नहीं दिख रहीं।

नीचे सभी रियाज में डूब गए हैं।

अप्पा बनारस के टप-ख्याल के बारे में मुझे बता रही हैं।

रूपान ने अभी बड़ी सुंदर तान ली है।

29.

गिरिजा देवी के घर में रोजमर्रा के आलाप, तानों से अलग भी एक दुनिया रहती है। कौतूहल एवं आश्चर्य के मिश्रण से बनी दुनिया। पृथ्वी से अलग मंगल पर वायुमंडल का होना परिकल्पना की वस्तु है। गिरिजा देवी के घर में इस दूसरी दुनिया का होना, संशय या परिकल्पना दोनों से अलग, बिल्कुल यथार्थ की चीज़ है।

यह दूसरी दुनिया है क्योंकि मैंने कई बार इसमें अपने को घिरा पाया। यह दूसरी दुनिया है, इसके लिए किसी प्रमाण की जरूरत नहीं। यह दूसरी दुनिया न जाने कब तक रहेगी, जिस बात का हिसाब अप्पा के पास भी नहीं। यह अप्पा की मायावी दुनिया है। इस मायानगरी में न जाने कितना जादू भरा है, जितना भी पकड़ो उतना ही सरक जाता हाथ से।

इसको देखते हैं। अलीबाबा की कहानी के सिमसिम की तरह इसको खोलते हैं।

खुल सा सिमसिम–

सिमसिम, रसोई के दरवाजे पर खुलता है।

अप्पा की रसोई में सबकुछ वैसा ही रखा मिला जैसा आम रसोई में होना चाहिए। अलग से काबिले गौर अगर कुछ है, तो सफाई। उसके साथ अतिरिक्त गौर करने वाली चीज़ है, गृहस्वामिनी की हिदायतें। वह भी एक-दो नहीं। पूरी विलम्बित हिदायत, एक ताल में निबद्ध। अब शिष्याएँ कोई भी राग अलापें, समय तो लगना ही है। सिमसिम की तरह अप्पा के पास एक आतिशी शीशा है, जिसमें से उनको देखने पर वह एक ऐसी औरत में तब्दील नजर आती हैं, जो शिष्याओं को सलीका सिखाने में उतनी ही माहिर हैं, जितनी संगीत ज्ञान कराने में।

चाय बनाओ, गुनगुनाती रहो।

सब्जी काटो, अलंकारों का आकार में अभ्यास चलता रहे।

खाना लगाओ, नयी सिखाई बंदिश के शब्द याद हो जाएँ।

नहाओ, तो गाओ।

कपड़े सुखाओ, बिस्तर ठीक करो, गाना न बन्द हो, गाती रहो, रियाज चलता रहे।

लब्बोलुबाब यह कि एक-एक जान हज़ार हिदायतें। हजार हिदायतों का मतलब इतना सीधा कि कलाकार तो बनते बनते न बनता है इंसान। लेकिन सुगृहिणी और नेक औरत तो बनना पहला ध्येय होना चाहिए हर लड़की का।

आतिशी शीशा, सिमसिम और संगीत सभी मिलजुल कर सुरीले चाक पर जो माया गढ़ते हैं, उससे अप्पा की दूसरी दुनिया का तिलिस्म बढ़ता जाता है। गोया शिष्याएँ न हों, मंगल ग्रह की प्राणी हों और अप्पा वह गिरिजा देवी न हों उतनी देर, प्रेमचंद के आदर्शवादी उपन्यासों की सरल भारतीय चरित्र हों।

सिमसिम अब बैठक में खुलता है।

लोग आते हैं, मिलते हैं, जाते हैं।

कुछ रुकते हैं, कुछ को रोका जाता है। बारामासा की तरह बारहों महीनों यही क्रम। शिष्य शिष्याएँ सलीके से मेहमानवाज़ी में अभ्यस्त (आखिर रियाज किया है)।

करीने से गावतकिया सजता है। आहिस्ते से साज रखा जाता है। अप्पा देखती हैं। टोकती हैं। खुश होती हैं। अपनी बनाई बंदिशों पर नाज़ करती हैं और देखते-देखते एक-एक जान में जादू भर देती हैं। ये नये और शालीन कलाकार अपनी-अपनी जादू की छड़ियां लेकर बाहर जाते हैं। बाहर की साधारण दुनिया में अप्पा की दूसरी दुनिया का तिलिस्म मिलाते हैं।

सिमसिम संगीत सभाओं में खुलता है।

तो अप्पा के शिष्य-शिष्याएँ अपनी छोटी-छोटी पिटारियों से बड़े दुर्लभ और अनगढ़ रत्न निकालते हैं, साधारण दुनिया को वशीभूत करके अपने मायालोक ले जाते हैं।

सिमसिम बहुत जगह खुला मिलता है।

ऐसी बहुत जगहों पर रास्तों में, पड़ाव पर आते-जाते सुर बिखरे मिलते हैं। जहाँ बंद रहता सिमसिम, वहाँ गिरिजा देवी की दूसरी दुनिया नहीं होगी, ऐसा मेरा नहीं, बहुतों का सोचना है।

अप्पा डाँटती हैं।

कलाकार बनते हैं।

अप्पा और जोर से डाँटती हैं।

बेहतर इंसान बनते हैं।

सिमसिम की तरह, आतिशी शीशे से अप्पा अपनी मायानगरी को देखती हैं। चुपके से नज़रें उतारती हैं। फिर आश्वस्त होती हैं। शीशा छुपा देती हैं कि सबकी आँखों में न दिख जाए और कोई उसे चुरा न ले।

तिलिस्म बना रहता है।
अप्पा जादूगरनी की तरह हँसती हैं।
पता नहीं जादूगरनी की तरह हँसती हैं कि गाती हैं।
बिल्कुल किस्से कहानियों वाली जादूगरनी की तरह।

30.

मोक्ष!

अपनी इयत्ता और सर्जनात्मकता में एक सम्पूर्ण शब्द है मोक्ष।

एक सम्पूर्ण सृष्टि, जो अन्य सृष्टियों की संरचना के साथ उसमें मौजूद भी है और अलग से एक अन्य परिधि पर प्रतिष्ठित भी। एक उन्मीलित संसार। अनुभवों की लम्बी अन्वेषी परंपरा के सातत्य का अनुगामी। योग वासिष्ठ का पूरा आशय ही इस आख्यान की टीका है कि संसार में समष्टि एवं व्यष्टिमूलक जितना भी कर्म, अकर्म, सत्, असत् पाप-पुण्य, उपस्थिति, अनुपस्थिति का बोध है वह अपनी समग्रता में उतना ही पृथक और विशिष्ट है, जितना आपस में विन्यस्त तथा एक ही अनुभव एवं जीवन वृत्त में समाया हुआ।

यहाँ कामना और सिद्धि के बीच का उतना अन्तर जितना सूक्ष्म व स्पष्ट होता है, सृष्टि की समग्र अवधारणा का तात्पर्य और उसका सम्मोहन उतना ही सान्द्र होता जाता है।

गिरिजा देवी भक्त हैं। अपनी साधारण सी साधना का प्रतिफलन चाहने वाली भावक, जिसकी जिंदगी का शेष मंतव्य भव-बाधा से विगलन ही बचा है।

अक्सर कहती रहती हैं–

> "जीवन से बहुत कुछ पाया, मगर हमेशा यही कमी खलती रही कि अभी संगीत में ज्यादा कुछ सीख नहीं पायी, फिर भी ईश्वर अगर जन्म दे, तो गिरिजा देवी ही बनाए। जितने भी जन्म हो, दूसरे, तीसरे सभी की प्रतिश्रुति गिरिजा देवी होने में बीते और मृत्यु के बाद जीवन न मिले, मोक्ष हो जाए, तो परमतृप्ति।"

यहाँ **योगवासिष्ठ** के उपशम प्रकरण में वसिष्ठ का राम के प्रति यह उद्‌बोधन चरितार्थ होता नज़र आता है।

"यह आत्मा दिशा या काल से परिच्छिन्न नहीं है। अतःकभी भी बद्ध नहीं होता है, बंध के होने पर मोक्ष कहाँ से होगा, इससे वास्तव में आत्मा का अमोक्ष

ही स्थित है।"

गिरिजा देवी की पुनः गिरिजा देवी होने की कामना, मोक्ष का अमोक्ष में स्थानान्तरण है। संगीत में पूरी तरह समर्पित एक गायिका का पुनः संगीत के अन्तरान्वेषण में संलग्न होने का भाव, मोक्ष ही तो है। अमोक्ष की स्थिति में मौजूद सृष्टि का, मोक्ष की कायिक परिणति में आना। लौकिक सहजावस्था, जिसमें संसार से मोहभंग तो हो ही रहा है, प्रकारान्तर से संगीत के प्रति लिप्सा एक पारलौकिक जमीन बना रही है।

इस तरह संगीत के प्रति अदम्य उत्साह, लालसा, संलग्नता एवं अतिशय समर्पण ही, संगीत के अन्दर उनका मुमुक्षत्व है। यह मोक्ष पाने का भाव, काल से परे नहीं, उसी कालक्रम का अंग है, जिसमें स्वयं गायिका भी उपस्थित है तथा उसको होने वाली परमआनंद की प्रतीति भी।

यहाँ काल और कालान्तर एक साथ घटित हो रहे हैं।

यहाँ कामना और सिद्धि दोनों व्यवहृत हो सकते हैं।

गिरिजा देवी का मोक्ष।

गिरिजा देवी का नया जन्म।

गिरिजा देवी में एक नयी गिरिजा देवी का लोप।

एक सृष्टि का सर्जनात्मक स्थापन, एक अनन्त सृष्टि के निर्माण की शक्ल में।

योगवासिष्ठ के अन्तर्गत गुरु वसिष्ठ का राम के प्रति ज्ञान-यज्ञ इसी प्रकार अनन्त सृष्टि के निर्माण एवं उसके अविकल क्रियान्वयन का शास्त्रीय रूप है।

वसिष्ठ राम को उपदेश देते हैं–"हे अभव! यह मोक्ष है और यह बंध है, इस प्रकार की तुच्छ कल्पना का परित्याग कर महात्मा होकर उस मोक्ष रूप आप ही हो जाएँ।"

अयं मोक्षस्त्वयं बन्धः पेलवां कलनामिति।
परित्यज्य महात्यागी स त्वमेव भवाऽभव।।

यह संयाग भी गौरतलब है कि गिरिजा देवी की लिखी चैती के बंध कुछ यों हैं–

बीर बमनवा सगुन बिचारो
कब होइहैं पिया से मिलनवा हो रामा।

गिरिजा देवी–14 वर्ष की उम्र में

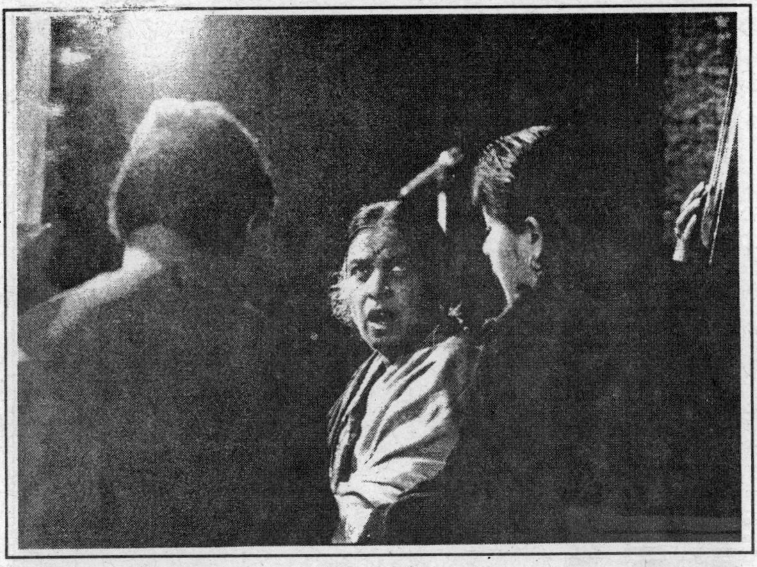

गिरिजा देवी

गिरिजा देवी

लय गुफा में अमर्त्य सुर

सोमाय गाथामर्चत

(सोमदेव के लिए गीत गाओ।)

—सामवेद

The mind of man may be compared to a musical instrument with a certain range of notes, beyond which in both directions we have an infinitude of Silence.

John Tyndall

1.

हम अनिकेत महसूस करते हैं
हम अकल्पनीय महसूस करते हैं
हम आश्चर्य महसूस करते हैं

धीरे-धीरे हम
पहले मन्द्र, फिर मध्य, फिर तार महसूस करते हैं

सुरों के साथ हम
पहले मनुष्यत्व, फिर गन्धर्वत्व, फिर देवत्व महसूस करते हैं।

2.

वे कुशल शिल्पी हैं
अपनी स्वर छेनी से
देवत्व गढ़तीं
वे सुरदात्री हैं
क्योंकि उनके पास
कंठ और करुणा का बीजक है
जिससे आमोद के खजाने का
तिलिस्म तोड़ती हैं
वे अक्षत-दूर्वा हैं
मांगलिक अनुष्ठानों में
स्वस्ति-वाचन के लिए
प्रयुक्त होने वालीं।

3.

दशाश्वमेध घाट के बुर्ज पर
बैठे हुए नीलकंठ के पंख पर
पड़ती हुई धूप
जब फिसलकर गंगा में उतरती है
पक्का महाल के
रहस्यमय से दिखते किसी
पुरातन मंदिर के भीतर
होलसे पर पुरोहित चंदन घिसता है
और दूर मणिकर्णिका में
पार्थिव देह और आरती
एक साथ जलती है

इतने से ही काशी पूरी नहीं होती
इससे अलग भी एक काशी रहती है
अप्पा के कंठ में
बिस्मिल्ला खाँ की शहनाई में
कबीर चौरा के मोहल्ले में।

4.

अपने वलय और वृन्त पर
चारों ओर खिला हुआ फूल
अपने अक्ष पर एकान्त साधना सी
करती हुई घूमती पृथ्वी
अपनी चोंच में अमरूद का टुकड़ा
दबाए हुए तोता
अपने भरे-भरे पत्तों से
हरियाली को खुशी में तब्दील करता हुआ अशोक
अपने ढंग से मिट्टी को सोंधेपन का वरदान देता हुआ
यह निरभ्र जल
अपने चाक पर
कभी समय कभी परई आँजता कुम्हार
अपने किसी सगोत्री की खोज में
रंग बिखेरती तितलियाँ

अपने स्वर में संसार समेटे हुए
संसार का होना स्वीकारतीं वे

अपने अपने तरीकों से
सुंदर बनाने के जतन में लगे
चंद अपने।

5.

वे गाती हैं
भूलों को सुधारने की सहूलियत बरतती हुई
गाती हैं वे
सावन में माघ और अगहन में जेठ
भिगोती-सुखाती
वे गाती हैं
जीने के पूरे अवकाश और व्यतीत होने के
उत्सव के साथ
गाती हैं वे
दिन-रात के बनने-बिगड़ने के मध्य
सारा काम निपटाती हुई
वे गाती हैं
आत्मा की अँगीठी परचातीं
देह की बनती हुई राख के पायताने
सबके जीवट को तपातीं
गाती हैं वे
वे सचमुच गाती हैं
जीवन और मृत्यु को खोलने वाले
रहस्य को भुलाती हुई
गाती हैं वे।

6.

कहाँ से आते हैं ये स्वर
कहाँ तक जाते हैं ये स्वर
कब फैलता है उजास
कैसे फूटता है उल्लास
धूप में धान कैसे खिलते हैं
चिड़ियों में चिन्मय नाद कौन भरता है
देवताओं से संवाद कैसे होता है
सम पर स्वर क्यों जाता है
प्रार्थना के शब्द कहाँ मिलते हैं
संसार का रहस्य क्यों नहीं खुलता है?

7.

ठुमरी सुनते हुए
लगता है कभी
किसी देवालय में अर्चा के क्षण
पाये गये हम
भक्त होने के उपक्रम में संलग्न
कभी लगता
हजार दीयों में एक और दीया
गंगा में बजड़े पर दिप-दिप करता
कभी-कभी समय सुर में मंत्र की तरह कुछ कहता
और हमारा हाथ
मन्नतों वाला धागा बाँधने के लिए आगे बढ़ता।

8.

यह जल ही है जो बरसता है
यह जल ही है जो बहता है
यह जल ही है जिसने किया अभिषेक
यह जल ही है जो डुबायेगा एक न एक दिन
यह जल ही है जो भरा हुआ कण्ठ में
और जिसने दिया हमें
भीगने और धुल कर पवित्र होने का अवसर।

9.

उनके लौंग की दीप्ति
हल्की पड़ने लगती है
प्रस्फुटित होता है जब
कंठ उदयाचल पर स्वर-सूर्य
स्वर रश्मि फैलते ही
समयातीत हो जाता है समय
शब्दातीत हो जाते हैं शब्द
चतुर्दिक
तिरने लगता है नाद सत्य
घिरने लगता है शब्द सत्य
सुमिरने लगता है
आत्मा का भाव सत्य
सुरों पर उम्र की मूर्च्छना
और तजुर्बों की गमक
उभर आती है
साथ ही उतर आते हैं
राग-रागनियों के रथ पर सवार
भैरव,
ओंकार,
पीलू पर बसंत आता है
मालकौंस के उपवन में
कृष्ण महारास रचते हैं
भैरवी के साक्षी-भाव के साथ
कंठसाधिका
अपनी साधना का सुरतर्पण करती हैं।

10.

धुली हुई हरियाली की तरह
बच्चे की खुशी की तरह
उन्मुक्त हँसी की तरह
नदी की साँवली गहराई की तरह
गंगा पर चढ़ाई पियरी की तरह
चाँदी के वरक की तरह
खरगोश के मुलायम रोएं की तरह
हरवाहे के चैन की वंशी की तरह
नानी की कहानियों में उड़नखटोले की तरह
प्रेम की तरह, प्रगाढ़ मैत्री की तरह
मोमिन के शेर और ग़ालिब के दीवान की तरह
इस मुश्किल समय में अपनों के बीच होने की तरह
अप्पा का ख्याल गाना।

11.

किसी कविता के स्थापत्य में मौजूद
एक सुन्दर निर्मिति
कागज़ पर जन्मते ही जिसको
अर्थ मिल जाता है
एक भक्त की आस्था से उत्पन्न
आत्मनिर्वासन
जो भटक रहा
अपनी काया और दीक्षा ज्ञान के मोह में
सुर के वृत्त में फँसा हुआ कोई कोमल कण
रागिनी की प्रत्यञ्चा है जो
गायक के कण्ठ में
काल से परे एक सभ्यता का होना
जिसमें पुरखे, परियाँ, देवता रहते हैं
और जो स्वयं रहती स्वप्न में हमारे
पहुँचे हुए सन्त के पदों में
बजने वाला मंजीरा, इकतारा
जिसे अभी भी प्रतीक्षा है
किसी अलभ्य देवफल की

इतनी जगहों में भटकता हुआ
एक सच्चा सुर
फिर से लौटता है
गाने वाले के पास
उसकी स्वर गुफा में अहर्निश साधना के लिए

और आश्चर्य कि कविता की निर्मिति की तरह
अमर्त्य रहता है।

12.

चन्द्रोदय हुआ
    मंगल
    सत्य
    चारों ओर उल्लास

चन्द्राभा के सम्मुख
    स्वर आलाप

रात कोहबर के अन्दर
रागिनियों के लिए
    खोंइछा भराकर
    नैहर से विदा का समय है यह।

सन्दर्भ–शरद पूर्णिमा की रात में गिरिजा देवी का ख्याल गायन।

13.

हम उनके घर में बैठे हैं
स्वर लहरियों के आरोह-अवरोह के साथ
घर का आंगन
कृष्णमय हो जाता है
कमरे में बिछा कर गावतकिया
मधुबन बन जाता है
सुर वर्षा में भीगती जाती हैं वे
साथ-साथ भीगते हैं हम सभी
शब्दों के भीगने के साथ वातावरण में
सावन घिर आता है
बृजबाम सोच में पड़ी हैं कि अभी तक
घनश्याम नहीं आए
मनुहार का मौसम आ गया
बनवारी झूले की पेंग
धीरे-धीरे बढ़ा रहे
काशी में बैठे-बैठे हम सभी
घूम आए हैं वृन्दावन की कुन्ज गलियां
मंत्रकीलित-सा वातावरण
अपने विलम्बित लय में
धीरे-धीरे
जीवन रहस्य के पट
खोल रहा।

14.

जहाँ तक उड़ती दिखाई देती गन्धर्व चिड़िया
वहीं से लौटती लय
हवा और पंख की जुगलबन्दी करती
जैसे अभी खुलेगा चन्दन किवाड़
जैसे अभी शिंजा सुनाई देगी
जैसे अभी तानों की आपसी होड़ में
हम, कित्ती सभ्यता का होना स्वीकारेंगे।

15.

यह बनारस है
जैसे कि यह देवास है
जैसे कि यह बनारस नहीं देवास है
जहाँ कुमार गन्धर्व की तरह रहती हैं गिरिजा देवी
जैसे कि कुमार गन्धर्व की तरह नहीं
अपनी तरह रहती हैं गिरिजा देवी
जहाँ कुमार गन्धर्व की तरह
गाती हैं गिरिजा देवी
जैसे कि कुमार गन्धर्व की तरह नहीं
अपनी तरह गाती हैं गिरिजा देवी
गाती हैं तो पूरा सूर्य उदित होकर
पूरब में नहीं भटियार की दिशा में जाकर चमकता है
यह गायकों की कर्मस्थली है
जैसे कि यह राजनाँदगाँव है
जैसे कि यह राजनाँदगाँव नहीं बनारस है
जहाँ मल्लिकार्जुन मंसूर की तरह
जैसे कि मल्लिकार्जुन मंसूर की तरह नहीं
अपनी तरह सभी अपने सुर के काम में लगे हुए
जैसे बनारस में जुलाहे और गिरिजा देवी
अपने-अपने कामों में अलग-अलग तल्लीन
और गिरिजा देवी मल्लिकार्जुन मंसूर की तरह नहीं
न ही मल्लिकार्जुन मंसूर गिरिजा देवी की तरह
किसी राग को सुलझाने में उलझे
यह वह समय जब शाम होने को है

जैसे कि यह दिन डूबने का समय है
जैसे कि यह दिन डूबने का समय नहीं
पूरिया धनाश्री का समय है
पक्षी अपने घोंसलों में लौट रहे
और तारे धीरे-धीरे फैल रहे आकाश में
मगर सन्धि-प्रकाश का यह समय
अलग-अलग तरीकों से आता है
गिरिजा देवी और भीमसेन जोशी के घरों में
जैसे अलग-अलग तरीकों से निकल कर आती बन्दिशें
किराना घराना और बनारस घराने में
संगीत के व्याकरण में सारे नियम अलग-अलग
पर एक तरीके से मिलते हैं कहीं आकर सम पर
जैसे राजनाँदगाँव हो
या कि राजनाँदगाँव न हो, हो वह
गिरिजा देवी का बनारस
जैसे ग्वालियर घराना हो या किराना
जैसे भीमसेन जोशी का नट-मल्हार हो
जैसे कि वह भीमसेन जोशी का नट-मल्हार न हो, हो वह
कुमार गन्धर्व का गौड़ सारंग
सभी आपस में उतने ही विन्यस्त
जितने आपस में अलग-अलग
जैसे सूरज पश्चिम में न डूबकर
यमन की दिशा में डूब रहा हो
पहुँचता हुआ राजनाँदगाँव
बनारस का पता पूछता हुआ
उगता हो ग्वालियर से और चमकता हो
भटियार की दिशा में जाकर।

उस्ताद अली अकबर खाँ–गिरिजा देवी

गिरिजा देवी–वी.जी. जोग

पं. रविशंकर–गिरिजा देवी

गिरिजा देवी की स्वरचित बन्दिशें

(1)
कजरी

घिर आई है कारी बदरिया राधे बिन लागे न मोरा जिया
छिन जमुना तट छिन कुंजन में, बिरह व्यथा से दहत है मनवा
पल छिन दिन लागे बरस समान अब, कोउ न लावे प्यारी को सन्देसवा
बदरा बरसे नैना बरसे, घन औ श्याम से लागी है होड़वा
जब लौं राधे मान न तोड़िहैं, बंसी न धरिहौं कबहूँ अधरवा।

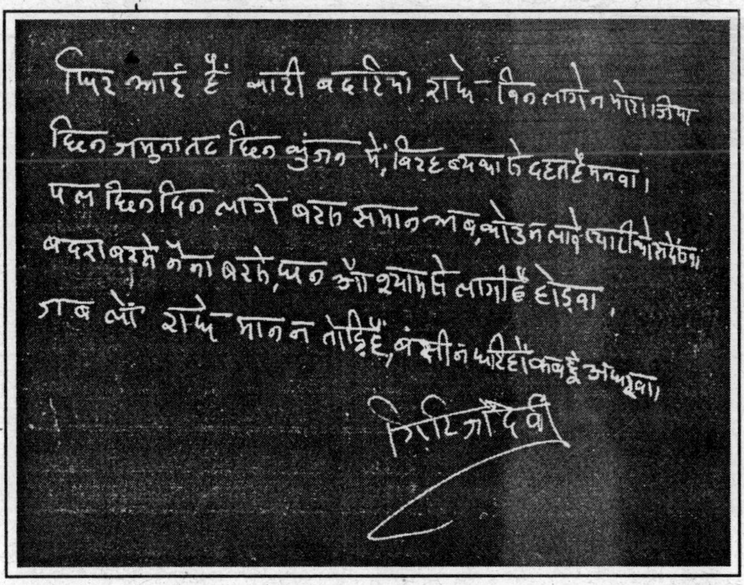

घिर आई है कारी बदरिया राधे बिन लागे न मोरा जिया
छिन जमुना तट छिन कुंजन में, बिरह व्यथा से दहत है मनवा,
पल छिन दिन लागे बरस समान अब, कोउ न लावे प्यारी को सन्देसवा
बदरा बरसे नैना बरसे, घन औ श्याम से लागी है होड़वा,
जब लौं राधे मान न तोड़िहैं, बंसी न धरिहौं कबहूँ अधरवा।
गिरिजा देवी

(2)
चैती

चढ़ल चइत चित लागे ना रामा
बाबा के भवनवा
बीर बमनवा सगुन बिचारो
कब होइहैं पिया से मिलनवा हो रामा

(3)
दादरा

तड़प तड़प जिया जाय
साँवरिया बिना
गोकुल छाड़े मथुरा में छाये
किन संग प्रीत लगाये
तड़प तड़प जिया जाय

(4)
चैती

बैरिन रे कोयलिया तोरी बोली न सुहाय
कुहुक कुहुक करे कारी रे कोयलिया सोवत मदन सताय
कौन देस तू जइबा बिदेसिया मोरे सन्देसवा सुनाय
यह पाती हमरी लई दीजो जहाँ सँवरिया छाय
भवन नहिं भाय मोहे बिरहा सताय तोरी बोली न सुहाय।

लोक और शास्त्र का अन्तरालाप

बीर बमनवा सगुन बिचारो
कब होइहैं पिया से मिलनवा हो रामा।

—चैती

heard melodies are sweet, but
those unheard are sweeter.

—John keats

यतीन्द्र : आपने गायन के क्षेत्र में जब प्रवेश किया था, तब उस समय स्त्रियों के लिए यह क्षेत्र वर्जित था। इस कारण आपको उस समय बड़ी चुनौतियों एवं कठिनाइयों का सामना करना पड़ा होगा। अपने संघर्ष के दौर के बारे में विस्तार से बतायें?

गिरिजादेवी : ये आपने बिल्कुल ठीक कहा। उस समय इस बात पर खासा जोर था कि लड़कियाँ गायन न करें। उस समय कम उम्र में ही लड़कियों का शादी-ब्याह हो जाता था, इस कारण बहुत सी प्रतिभायें निखरने से पहले ही बँध जाती थीं। उस जमाने में करीब आज से पचास-साठ साल पहले हम लोगों से भी बड़े-बड़े कलाकार निकल चुके थे, उनमें से कुछ स्त्रियाँ भी थीं जैसे—केसरबाई केरकर और हीराबाई बड़ोदकर। इनके अलावा यहाँ पर बनारस में पं. ओंकारनाथ जी भी आ गए थे, इन्होंने संगीत का एक स्वस्थ वातावरण बनाना शुरू कर दिया था, जिसके कारण पं. मदन मोहन मालवीय जी की लड़कियाँ भी संगीत सीखने लगी थीं। हम लोग यूनिवर्सिटी भी जाते थे और गाना भी सीख रहे थे। थोड़ा बहुत जो देखने-सुनने को मिल जाता था, उस मौके को छोड़ते नहीं थे। परंतु बनारस में यह परंपरा बहुत पुराने समय से जड़ जमाए थी कि भले घर की बहू-बेटियाँ गाने-बजाने से दूर रहती हैं। गाने-बजाने का काम नर्तकियों और बाईयों का पेशा माना जाता था। इनको समाज में इज्जत की निगाह से बहुत कम लोग देखते थे। खासकर बनारस तो इतना पिछड़ा क्षेत्र था कि कोई भी लड़की अगर दर्शन करने जाती थी तो सिल्क का दुपट्टा या चादर ओढ़कर और स्त्रियाँ पूरा घूँघट लेकर। घूँघट भी इतना लम्बा होता था कि उसमें फँसकर गिरने की पूरी गुँजाइश रहती थी। लड़कियाँ जब गंगाजी नहाने चलें तो एक नौकरानी पीछे से कपड़ा लेकर चलती

थी और एक नौकर भी साथ-साथ चलता था कि कहीं कोई कुछ बोल न दे। घर से थोड़ा ज्यादा दूर चलना हो, तो डोली पर चलने की प्रथा थी। इन सब कारणों से लड़कियों का खुलकर बाहर आना और अपनी कला का प्रदर्शन करने जैसी बात असंभव थी, पर जब महाराष्ट्र के कुछ परिवारों ने अपनी लड़कियों को इन कलाओं में उतारना शुरू किया और संगीत को इण्टरमीडिएट तथा बी. ए. जैसी कक्षाओं में मान्यता दिलाई, तब जाकर धीरे-धीरे यहाँ भी (काशी में) संगीत को सम्मान मिलना शुरू हुआ। आज भारतीय संगीत को जो सम्मान पूरी दुनिया में दिखाई देता है, उसकी शुरूआत महाराष्ट्र तथा दक्षिण से हुई। उस जमाने में सिर्फ मद्रास (अब चेन्नई) ही ऐसा शहर था जहाँ संगीत तथा संगीतकारों का भरपूर सम्मान होता था। मेरे ऊपर भगवान की ऐसी कृपा थी कि मेरे पिताजी को संगीत का बेहद शौक था, इस कारण उन्होंने घर पर ही विधिवत् मेरी संगीत शिक्षा आरम्भ करवाई। जब मैंने गाना शुरू किया तब मैं मात्र पाँच साल की थी। सन् 1949 पहले-पहल जब मैंने रेडियों के लिए गाना गाया, तब मैं सत्रह साल की थी। उसके बाद से बहुत लोगों के निमन्त्रण मिलने लगे। उस समय के आयोजक पहले मिलने आते थे, दो-चार दिन रूककर गाना सुनते थे और फिर अपने पसंद के कलाकारों को संगीत कार्यक्रमों के लिए ले जाते थे। जैसा आपने कहा, संघर्ष तो हुआ लेकिन अपने हुनर को स्थापित करने के लिए कोई खासी जद्दोजहद नहीं करनी पड़ी। हाँ एक बात जरूर, मेरे पति ने मुझसे यह वचन ले लिया था कि आप नवाबों, राजा-महाराजाओं या किसी के निजी-कार्यक्रम में नहीं गाएगीं, भले ही वे लोग आपको लाखों-करोड़ों कुछ भी देने की पेशकश करें। तभी से उस बात को मैंने मान लिया और अपनी संगीत साधना को जारी रखा। उस समय से आज तक मैं उस वचन को निभाती हुई रेडियो, टेलीविजन, रजिस्टर्ड संस्थाओं के कार्यक्रमों, मंदिरों, कलाकारों के घर पर और अपने शिष्यों के आग्रह पर गाती हूँ।

यतीन्द्र : **आपने बचपन में फिल्मों में भूमिकाएँ भी की हैं। उस समय के बारे में तथा फिल्मों में अपने अभिनय के बारे में कुछ बताएँ।**

गिरिजादेवी : मैंने बचपन में सिर्फ एक फिल्म में काम किया है, जिसका नाम था 'याद रहे'। उस समय मैं आठ साल की थी। मैं अपने पिता, माताजी के साथ कलकत्ता गई थी, दिसंबर के महीने में, मेरे मामाजी वहाँ रहते थे। वहाँ पर उनके एक दोस्त थे, जो फिल्म भी बनाते थे।

लोग उनको मूलचंदानी जी कहते थे। वो एक फिल्म बना रहे थे। मुझे तब तक उस बारे में कुछ मालूम नहीं था, कि उनको एक लड़की की जरूरत थी, जो अछूत की लड़की बन सके और वो खुद थोड़ा बहुत गाना भी जानती हो। उस जमाने में तो ऐसा कुछ था नहीं कि मुँह चलाइए और गाना पार्श्व से जोड़ा जाए। गाना भी साथ चलता था। जब उनको मेरे बारे में पता चला कि लड़की कुछ गाना भी जानती है; तब वे मुझसे मिलने आए। देखा तो बहुत पसंद किया और कहा कि इसी को फिल्म में लेंगे। एक फिल्म पहले भी आई थी, देविका रानी व अशोक कुमार की 'अछूत कन्या', लेकिन ये फिल्म अछूत-स्त्री पर आधारित थी, जबकि 'याद रहे' का विषय अछूत बच्ची पर आधारित था। 'याद रहे' की शूटिंग सन् 1938 के दिसंबर में शुरू हुई और 1939 के मार्च-अप्रैल में यह फिल्म तैयार हो गई। इस फिल्म के बाद की सबसे बड़ी जो घटना याद आती है, कि उस समय कांग्रेस का महाधिवेशन हुआ था जबलपुर में। उसमें मैं अपने मामा, पिताजी और फिल्म के डायरेक्टर के साथ गई थी और महात्मा गाँधी, पं. गोविंद वल्लभ पंत और अबुल कलाम आजाद जैसी विभूतियों से मिलने का मौका मिला। वहीं सब लोगों ने आशीर्वाद दिया और कहा कि इतनी छोटी लड़की से ये काम करवा रहे हैं, बड़ा बढ़िया है, बेटा खूब मेहनत करो।

यतीन्द्र : **आप अपनी पूर्ववर्ती गायिकाओं के बारे में बताइए जिनको सुनकर आप बड़ी हुईं तथा जिनकी प्रेरणा से आपने गायकी में प्रवेश किया मसलन बड़ी मोतीबाई, छोटी मोतीबाई, रसूलनबाई, रोशनआरा बेगम, मुश्तरी, विद्याधरी, मोगूबाई कुरडीकर आदि के बारे में।**

गिरिजादेवी : रोशनआरा बेगम जी से तो मेरी मुलाकात नहीं हुई क्योंकि बँटवारे के बाद वे पाकिस्तान चली गईं। मैंने गाना 1949 में शुरू किया। रेडियो इलाहाबाद से पहला प्रोग्राम मैंने दिया था। मैंने उन्हें देखा तो नहीं, लेकिन उनके बारे में जानती थी, उनके रिकार्ड सुनती थी, और हमारे गुरु लोग बताते थे कि वे बहुत अच्छी औरत थीं।

यतीन्द्र : **रोशनआरा बेगम का गाना कैसा लगता था आपको?**

गिरिजादेवी : बहुत अच्छा, उस जमाने में लोग कहते थे कि रोशनआरा बेगम एक ही पैदा हुई हैं। उनके जैसी फास्ट तान करने वाला सुरीला कोई नहीं था हिन्दुस्तान में।

यतीन्द्र : **उनकी कौन सी बंदिश आपको सबसे ज्यादा पसंद आई, जो आज तक याद है?**

गिरिजादेवी : एक दो नहीं, बहुत सारी बन्दिशें थीं। एक याद आ रही है, उन्होंने शंकरा में गायी थी 'झूलना झुला दे आई ऋतु सावन की' और एक पुरानी चीज 'अमवा तले डोला रख दे मुसाफिर'।

यतीन्द्र : **बड़ी मोतीबाई के बारे कुछ बताएँ?**

गिरिजादेवी : बड़ी मोतीबाई बनारस में थीं, तो मेरा बहुत मन कर रहा था कि उनका गाना सुनें, जब हमने उनका गाना सुना तब तक करीब 65 बरस की हो गईं थीं।

यतीन्द्र : **और, आपकी उम्र क्या थी उस समय?**

गिरिजादेवी : वही 20-22 बरस की थी। बड़ी मोतीबाई इतनी सरल मिजाज की थीं कि छोटे-बड़े सभी लोगों को बहुत आदर देती थीं। सबसे 'बचवा', 'भईया', कहकर प्यार से बोलती थीं, और उतना ही मधुर गाना था उनका। रोशनआरा बेगम की तरह वह भी ख्याल गाती थीं, लेकिन रोशनआरा बेगम की फास्ट तानें बहुत अच्छी थीं, बहुत रियाजी थीं। बड़ी मोतीबाई का ठुमरी में बहुत नाम था। चूँकि उस्ताद मौजुद्दीन खाँ साहब ठुमरी ही गाते थे, इसलिए ठुमरी पर अपनी शिष्याओं से उन्होंने ज्यादा रियाज करवाया।

यतीन्द्र : **ये गायिकाएँ किस परिवेश से निकलकर आईं थीं, दरबारी संस्कृति से या इन्होंने पुरानी परिपाटी से हटकर अपनी नई गायकी विकसित की थी?**

गिरिजादेवी : नहीं-नहीं। ये पुश्तैनी गायिकाओं के परिवारों से थीं। इनकी माँ, नानी, दादी सभी गाने वालियाँ थीं। ये लोग राज दरबारों में गाती थीं और ऐसे घरों में भी जाती थीं जहाँ इनका बुलावा तीज त्यौहारों, जन्म और विवाहों में होता था।

यतीन्द्र : **क्या राजदरबार की गायकी आम गायकी से अलग होती थीं?**

गिरिजादेवी : हाँ, अलग होती थी। राजदरबार की गायकी को महफिल सजाना कहते थे। हमने तो कभी महफिल देखी नहीं, लेकिन हमारे गुरुजी लोग जो संगत करने जाते थे, वे बताते थे कि वहाँ किस तरह फरमाईश का गाना होता था, तो फरमाईश पर वे लोग ख्याल, ठुमरी भी गाती थीं सादरा, होरी भी।

यतीन्द्र : **बड़ी मोतीबाई की बंदिशें जो आपको पसंद हों?**

गिरिजादेवी : एक तो 'गांधारी बहार' में ख्याल गाती थीं, जो कि बाद में हमने भी अपने गुरुजी से सीखा। 'बसन्त ऋतु आई' करके है, जो बहुत मुश्किल बन्दिश है। एक राग सिन्दूरे में ठुमरी की बन्दिश थीं—'आंगन बिरहा बावरी सी डोले'। कभी-कभी मैं उनसे बन्ना-बन्नी भी सुन लेती

थी, तब वो बोलती थीं 'नाहीं बचवा नाहीं गाइब।' 'नैहर में मोरा सुगना' करके एक बहुत सुन्दर ब्याह गातीं थीं।

यतीन्द्र : पूरी बन्दिश याद है आपको?

गिरिजादेवी : नहीं तीन चार लाइनें ही याद हैं–

'बगिया में बोले मोरे नैहर का सुगना
सुगना के लाली लाली ठोरवा हो कि,
हरी-हरी पखिया नैहर का....'

यतीन्द्र : बड़ी मोतीबाई की गायकी में कोई खासियत बताएँगी?

गिरिजादेवी : बड़ी मधुर गाने वाली थीं, रस में भीनी हुई। मीड़ खटका जितना लगना चाहिए, उतना ही लगाती थीं हालाँकि उनकी आवाज बहुत महीन होने के बाद बेजवाब सुरीली थी। छोटी मोतीबाई की भी बहुत मधुर आवाज थी जैसी हीराबाई बड़ोदकर की आवाज। केसरबाई की बड़ी पाटदार आवाज थी, जैसी सिद्धेश्वरी देवी की। रसूलनबाई की गोल आवाज थी।

यतीन्द्र : गोल आवाज़ से आपका मतलब?

गिरिजादेवी : रसूलन बाई बहुत सादा गाने वाली थीं, ज्यादा मीड़-मुर्की नहीं करतीं थीं। बिल्कुल सादा-सादा, यहाँ से उठीं वहाँ चली गईं और वहाँ से उठी यहाँ लौट आईं। उनको जो दस-पाँच लयकारी पसंद थीं, वही सब में लगा देती थीं। उनकी गायकी ज्यादा विकसित नहीं थी, लेकिन उनकी इतनी गोल आवाज थी, मतलब न पतली न मोटी। जिसको 'जवारीदार' बोलते हैं, उनका गला वैसा था।

यतीन्द्र : सिद्धेश्वरी देवी की गायकी के बारे में बताइये।

गिरिजादेवी : बड़ी निर्भीक गायिका थीं। उनकी आवाज़ बहुत पाटदार थी, और उनके जब जो मन में आता था, वही गाती थीं। किसी की सुनती ही नहीं थीं। (हँसती हैं) मगर ठुमरी की असली साम्राज्ञी वही थीं। सिद्धेश्वरी देवी का बोल बनाने का अपना एक अलग ही लहजा था। आज भी, जिसे 'पुकार' कहते हैं, उनके गले में जैसा था, वैसा आज तक किसी के पास नहीं है।

यतीन्द्र : और मोगूबाई कुरडीकर के बारे में?

गिरिजादेवी : हाँ, वो तो देवी औरत थीं। सच में बहुत दुःख होता है सोचकर कि अब वे नहीं हैं। उनका मिज़ाज, उनकी लियाकत और उनका लोगों के प्रति प्यार अब जल्दी किसी में देखने को नहीं मिलता।

यतीन्द्र : और, बेगम अख़्तर?

गिरिजादेवी : उनकी दो-चार चीजें ही थीं जो बस दिमाग से उतरती नहीं थीं, चाहे

केसरबाई केरकर

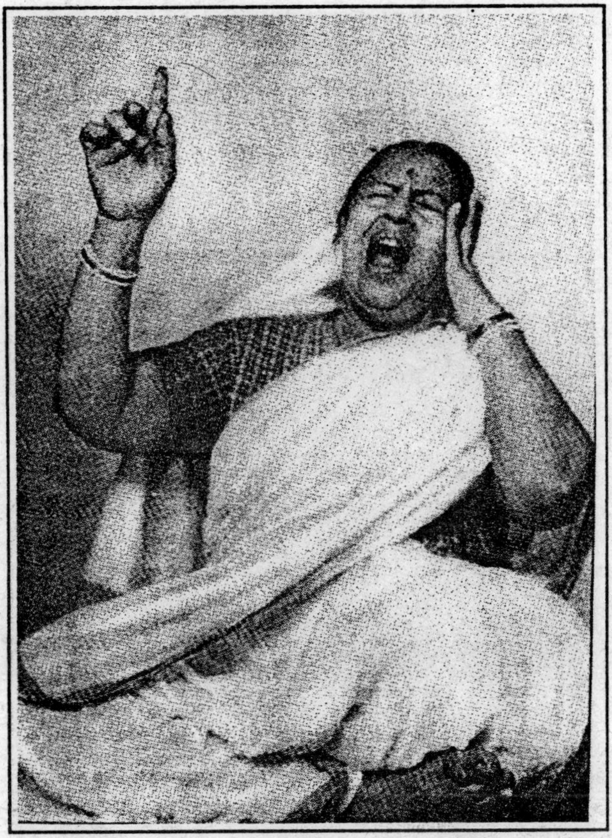

सिद्धेश्वरी देवी

मोगूबाई कुरडीकर

ग़ज़ल में हों या ठुमरी में। उनको ज्यादा बढ़त-वढ़त नहीं मालूम थी लेकिन कहने का उनका जो ढंग था, वो किसी में नहीं था। मतलब जो प्रस्तुतीकरण था, प्रस्तुत करने का अंदाज, वो निराला था। वो एकदम बेहोश होकर गाती थीं। उनकी गायकी शृंगारिक अधिक थी, हृदय को छूने वाली। और जो उनकी एक फटती सी आवाज बीच-बीच में हो जाती थी, वही ईश्वरीय देन थी। वो खूबसूरती लगती थी, जबकि गायकी में वह दोष माना जाता है।

यतीन्द्र : **आप आज, इन सब में अगर किसी को अपना गुरू बनाना चाहें, तो किसे बनाना पसंद करेंगी?**

गिरिजादेवी : नहीं, हमने तो जिन्हें अपना गुरु मान लिया वही हमारा हर जन्म में गुरु रहेगा। उसके बाद तो हम किसी को अपना गुरु नहीं बनाना चाहेंगे।

यतीन्द्र : **आपने अपने गायन में ठुमरी गायन को प्रधानता दी है, इसके पीछे क्या कारण है?**

गिरिजादेवी : नहीं, प्रधानता तो मैंने बाद में दी। शुरूआत तो मैंने खयाल से की थी, और जो पुरानी चीज़ें थीं हमारे गुरुओं के पास जैसे ध्रुपद, दादरे, तराने खयाल, टप्पा, टप-खयाल यह सब चीज़ें मैंने सीखीं क्योंकि मुझे इस बात से जरा नाराज़गी थी कि बनारस से निकलकर जाने वाले कलाकार सिर्फ ठुमरी ही क्यों गाते हैं। यहाँ की प्राचीन परंपरा में खयाल, ध्रुपद, धमार, छन्द-प्रबन्ध, कौल-कलवाना, त्रिवट, चतुरंग, गुल, बैत, नक्श, रुबाई, धरू सब गाने वाले लोग जब मौजूद हैं, तब सिर्फ ठुमरी ही क्यों गायी जाती हैं। वाजिद अलीशाह के दरबार से लेकर उस समय तक ठुमरी गाने वाले लोगों में ज्यादातर नर्तकियाँ ही होती थीं। लखनऊ से ही ठुमरी की प्रथा बदनाम हो गई थी, इसलिए मुझे उस समय ठुमरी गाना उचित नहीं लगा। फिर मैंने खयाल पर ही ध्यान दिया और खयाल की तैयारी में लग गई थी, इसलिए मुझे उस समय ठुमरी गाना उचित नहीं लगा। फिर मैंने खयाल पर ही ध्यान दिया और खयाल की तैयारी में लग गई। जब कई सालों तक बढ़िया से मन भर कर खयाल गा लिया, तब ये लगा कि खयाल गाने वाले लोग भी बहुत सारे हैं और वे हमसे भी अच्छा तान लेकर, सरगम करके खयाल गाते हैं। फिर मेरा रुझान धीरे-धीरे ठुमरी की ओर हुआ। उस समय तक मेरी समझ में यह बात आ गई थी कि ठुमरी के साथ अभी ज्यादा न्याय नहीं हुआ है। ठुमरी गायन में जो भाव-प्रवणता और शब्दों की गरिमा पर ध्यान दिया जाता है, उस

'याद रहे' फिल्म का पोस्टर, 1939

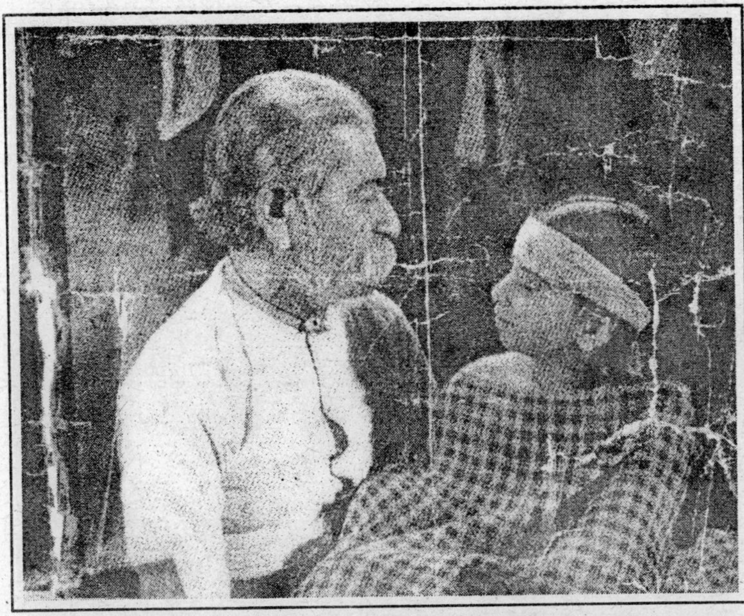

'याद रहे' फिल्म के दो भावनात्मक दृश्य

फिल्म्स डिवीजन, मुम्बई द्वारा गिरिजा देवी पर बनाया गया वृत्त-चित्र

तरफ उस समय के ठुमरी गायकों का ध्यान नहीं था। इसलिए मैंने सोचा कि क्यों न अपनी प्राचीन परंपरा को ध्यान में रखते हुए ठुमरी को संगीत और शब्दों के समन्वय से मधुर बनाया जाए। मैं जब भगवान का ध्यान करती थी और कोई बन्दिश जैसे—"ऐ बंसुरिया कैसी बजाई श्याम" को सोचती थी, तो लगता था कि कितनी हजार गोपियाँ रहीं होंगी, कितनी तरह से वे गाती होंगी, किस तरह से श्याम उन सबको रस में डुबोते होंगे, बांसुरी की तान कैसी निकलती होगी, यह सब भाव-प्रधान अभिव्यक्ति किस तरह से शब्दों और सुरों के द्वारा प्रदर्शित की जाए कि सुनने वाले को पूरा आनन्द मिल सके। तो इसी प्रकार की सोच ने ठुमरी को भावों के माध्यम से व्यक्त करने के लिए मुझे प्रेरित किया। इन्हीं सब कारणों से धीरे-धीरे मैं ठुमरी गायन में उतरती चली गई। लेकिन इसका यह मतलब बिलकुल नहीं है कि मुझे खयाल या ध्रुपद पसंद नहीं। बनारस की अपनी परंपरा रही है। यहाँ खयाल भी, जो गाया जाता है, उसकी बड़ी निराली परंपरा है। हमारे गुरु घराने में ध्रुपद को काटकर शुद्ध खयाल गाया जाता है, ध्रुपद में पहले आलाप होते हैं, उसके चार खण्ड होते हैं—एकदम शुरू में आलाप होता है, फिर उसका दोगुना आलाप किया जाता है। फिर तीन गुना और फिर ऐसे ही चार गुना करके हमारे यहाँ आलाप गाया जाता है। इसमें एक बात ध्यान में रखी जाती है कि मुरकियाँ उसमें नहीं लेनी चाहिए और श्वास तान भी नहीं घूमना चाहिए। तो यह ध्रुपद के आलाप की बहुत पुरानी परंपरा है जिसे मैंने अपनाया है। किसी दूसरे घराने की मसलन पटियाला, किराना, उत्तरौली, सहसवान घरानों में से हम किसी की नकल नहीं गाते। इस तरह ठुमरी, खयाल, ध्रुपद, धमार, छन्द-प्रबन्ध आदि हम बनारस घराने की परंपरा में ही गाते हैं।

यतीन्द्र : बनारस घराने की खयाल गायकी की क्या विशेषता है, जो उसे अन्य घरानों से अलग करती है?

गिरिजा देवी : अलग इसलिए करती है कि किसी को खयाल में सरगम बहुत पसंद है तो उसे वैसा करके गा लिया, किसी को तान बहुत पसंद है, किसी को लयकारी। किसी को विलम्बित बहुत जल्दी करना अच्छा लगता है, तो वैसा करके गा लिया। बहुत सारे लोग द्रुत व विलम्बित के बीच मध्यलय से शुरू करके गाते हैं। परंतु बनारस घराने की जो खयाल गायकी है, उसे हम विलम्बित से ही शुरू करते हैं। पहले विलम्बित, फिर मध्यलय आएगा, फिर अन्तरा आएगा, उसके बाद

श्वास-तान ली जाती है। यही गायकी की परंपरा हमारे यहाँ थी, परंतु आज बनारस में भी कलाकार दो-तीन तरह से गाते हैं, क्योंकि बनारस में भी बाद में अलग-अलग गुरुओं ने दो-तीन घराने कर दिए। इसलिए आज जो गाया जाता है उसमें सबका थोड़ा-थोड़ा मिश्रण रहता है, लेकिन मैं आज भी उसी प्राचीन परंपरा में गाती हूँ। मुझे लगता है कि हमें कोई विशेषाधिकार नहीं है कि हम प्राचीनता को तोड़-मरोड़ दें। हमें ही इन परम्पराओं को जीवित रखना है तथा आगे बढ़ाना है, इसलिए हम ऐसा नहीं कर सकते।

यतीन्द्र : **अप्पा जी, फिर आपकी खयाल गायकी में क्या अलग है, जो दूसरे कलाकारों में नहीं है?**

गिरिजा देवी : मेरी खयाल गायकी में चारों वाणी आती रहती हैं—अतिविलम्बित, दीर्घविलिम्बित फिर मध्यविलिम्बित तब जाकर चौथे पर तेज (फॉस्ट) तानें आती हैं। फिर जाकर के द्रुत, अब विलम्बित पर नहीं जाएंगे। द्रुत हुआ तो दौड़ो—ऐसा नहीं है, रुक गए सांस लिया, फिर अन्तरे पर जाकर रुक गए ऐसा मेरे यहाँ नहीं है। सबसे बड़ी विशेषता यह है कि हमारे घराने में ध्रुपद को काटकर खयाल बनाया गया है और खयाल को ही काटकर के ठुमरियों के छोटे-छोटे बोल बने हैं। यहाँ काशी में ठुमरी को काटकर लोकगीतों में वही बोल डाल दिए गए, जबकि लोकगीतों को सीधा-सीधा भी गा सकते हैं। लेकिन बोल बनावट की वजह से लोकगीत गाने का ढंग ठुमरी का ही एक अंग है, ठुमरी के छोटे प्रकार को दादरा और लोकगीतों में ढाला गया है।

यतीन्द्र : **आज के आधुनिक युग में शास्त्रीय गायन और गुरु-शिष्य परंपरा के द्वारा दी जाने वाली संगीत शिक्षा कितनी प्रासंगिक है?**

गिरिजा देवी : (जोर देती हुई) गुरु-शिष्य परंपरा का संगीत के लिए आज भी बड़ा महत्व है। गुरु के साथ रहने पर शिष्य सिर्फ संगीत ही नहीं सीखता था, बल्कि साथ-साथ उठते-बैठते अपने गुरु के हाव-भाव, उठने-बैठने को भी गौर से देखता था और उससे शिष्य का एक संस्कार निर्मित होता था। फिर संगीत तो साधना की चीज़ है। गुरु के चरणों में बैठकर जो सेवक भाव से सबकुछ देने और आशीष पाने का भाव बनता था, वह बिना गुरु परंपरा के नहीं पाया जा सकता। अपनी पद-प्रतिष्ठा को भूलकर जो उत्सर्ग करने और बड़ा बनने की प्रक्रिया है, वह ऐसे ही आती है। फिर गुरु भी अपने प्रिय शिष्य को अपनी औलाद से भी ज्यादा प्यार देता है। मैंने जो भी सीखा वह अपने गुरुओं से ही पाया। गाँव-गाँव जाकर बूढ़ी दादी-नानी के हाथ-पाँव

दबाकर उनकी परंपरागत चीज़ों को जाना। इसमें एक बात सबसे महत्वपूर्ण है कि आप किसी भी प्रकार की शिक्षा में पारंगत होना चाहें तो उसमें आपकी चाह कितनी है, आपकी लगन कितनी सात्विक हैं, इस पर भी बहुत कुछ निर्भर करता है। मेरी बहुत सी शिष्यायें हैं, जो बचपन से लेकर 15-20 साल तक सीखती ही रहीं, मगर उन्होंने कभी भी स्टेज परफार्मेन्स के लिए नहीं सोचा। इतनी कठिन तपस्या के लिए जो तैयार हो, उससे ही सरस्वती सधती हैं। एक कहावत है—योग्य पात्र को ही दान दिया जाता है। मैंने भी अपना सारा संगीत ज्ञान उन्हीं पात्रों को दिया, जो इसके योग्य थे। कला की साधना में यह नहीं चलता कि अपनी सम्पत्ति की तरह अपने हुनर का बँटवारा भी बेटी-बेटे में कर दिया जाए, चाहे वो कितने ही अपात्र क्यों न हों।

यतीन्द्र : आपकी शिष्य परंपरा में वे कौन-कौन से लोग हैं, जिनसे आपको उम्मीद है कि वे आपकी परंपरा को आगे बढ़ाएंगे?

गिरिजा देवी : मैं तो रोज सवेरे उठकर भगवान से यही मनाती हूँ कि हमारी परंपरा नहीं, बनारस घराने की परंपरा और हमारे गुरु घराने की परम्परा ये बच्चे आगे बढ़ाएँ। सारे शिष्य-शिष्याओं को तो याद कर पाना बड़ा मुश्किल है, फिर जिन बच्चों का नाम छूटेगा उनका मन टूट जाएगा कि उनको कम आता है। फिर भी कुछ शिष्याओं ने सबसे ज़्यादा आश्वस्त किया था कि वे हमारे घराने की परंपरा को संजोकर रखेंगी। उनमें एक स्व. वीणापाणि मिश्र थीं व दूसरी मंजु सुन्दरम हैं। वीणापाणि बहुत अच्छा गाने लगीं थीं, मगर अफसोस कि उसकी कम उम्र में मौत हो गई। इनके अलावा डालिया राहुत और सुनन्दा शर्मा हैं। एक विमला पोद्दार हैं जिनको ध्रुवपद-धमार सिखा रही हूँ, जिसे जल्दी कोई सीखना नहीं चाहता।

यतीन्द्र : काशी शिव की भूमि है। शिव की आराधना व प्रसन्नता के लिए ध्रुपद गाया जाता है, फिर भी काशी में ध्रुपद की उतनी समृद्ध परंपरा नहीं है, जितनी कि ग्वालियर या अन्य जगहों पर। ऐसा क्यों?

गिरिजा देवी : नहीं, ग्वालियर में डागर बन्धुओं ने ध्रुपद में काम किया है। उन लोगों ने इन्दौर को भी अपनाया है, लेकिन ध्रुपद की परंपरा हमारी भी रही है, बाद में लोगों ने इसे सीखा नहीं, तो धीरे-धीरे यह क्षीण होती चली गई। यहाँ बहुत बड़े-बड़े विद्धान थे, ध्रुपद के ध्रुपदिये थे। टप्पा जैसे यहाँ से ही शुरू होकर, यहीं आकर खत्म हुआ। आज

मेरी शिष्याएँ भी टप्पा सीख रही हैं। मैं उन्हें इसे सीखने के लिए प्रेरित करती रहती हूँ पर, यदि कोई कलाकार टप्पा न सीखना चाहे तो क्या होगा, टप्पा भी ख़त्म हो जाएगा; जिस तरह ध्रुपद ख़त्म हो गया। इसी तरह एक दिन खयाल और ठुमरी भी खत्म हो जाएगी। अतः यह कहना कि क्या बचेगा, यह भविष्य के कलाकारों पर निर्भर है, आज भी जो पुराने लोग हैं, वो मेरी तरह परंपरा पकड़े हुए हैं।

यतीन्द्र : उनमें से किसी का नाम लेंगी आप?

गिरिजा देवी : मेरे गुरुजी थे, पंडित महादेव प्रसाद मिश्र, बहुत अच्छा ध्रुपद गाते थे, इसी तरह मेरे दूसरे गुरु थे पंडित श्री चंद मिश्र, बहुत अच्छे ध्रुपद, धमार के कलाकार थे। उनकी लयकारी का जवाब नहीं था। स्व. पंडित हरीशंकर मिश्र जी, जो पंडित बड़े रामदास जी के भतीजे थे, उनकी शैली का ध्रुपद अब जल्दी सुनने को ही नहीं मिलेगा। इसी तरह आज डागर बन्धु हैं जो बहुत बड़े कलाकार हैं, मैं उनकी गायकी की बहुत इज्ज़त करती हूँ।

यतीन्द्र : लोक-गायन व शास्त्रीय गायन में क्या मुख्य अन्तर है?

गिरिजा देवी : ठाकुर जयदेव सिंह मुझसे कहा करते थे कि शास्त्रीय गायन को लोक-संगीत ने ही बचाया है। जब हमारे यहाँ मुगलों का आक्रमण हुआ, तब उस समय कलाकार इधर-उधर हो गए। एक शान्तिपूर्ण वातावरण में ध्रुपद-धमार, भजन-कीर्तन की जो परंपरा चल रही थी उसमें मुगलों के आने के बाद काफी क्षति हुई। कलाकारों ने दूसरों के घरों में शरण पाई, कुछ ने गाना-बजाना छोड़ दिया, काफी क्षति हुई। कुछ खेती करने लगे, कुछ व्यापार में उतर आए। इस तरह स्वस्थ संगीत का वातावरण खत्म हो गया, मगर औरतों के कान में ज़ो गाने पड़े थे, उन्होंने जस का तस उसे याद रखा, फिर समय-समय पर वे स्त्रियाँ काज-प्रयोजन में इन्हें अपनी सुविधानुसार गाने लगीं और मुझे लगता है इसी तरह संगीत विलुप्त होने से बचा रहा। यही चीज जो संस्कारगत हम पाते हैं, वही बची रह जाती है। जो मेरी दादी ने किया, वही उनकी दादी ने किया था, वही मेरी माँ करती थीं, वैसा ही मैं करूँगी और वैसा ही उसे आने वाली पीढ़ी अपनाएगी। जिस तरह रामायण-महाभारत बचे हुए हैं, शास्त्र बचे हुए हैं, हमारा संस्कार और लोक-व्यवहार बचा हुआ है, पर्वों में एक दूसरे को न्यौतना बचा हुआ है, यह परंपरा बची हुई है कि सावन में बेटी मायके आती है, जनेऊ होने पर बटुक देवता तुल्य होता है, उसी तरह संगीत भी बचा रहेगा, जब तक यह घर-घर औरतों के कान और गले में

सुरक्षित है।

यतीन्द्र : **आपके प्रिय राग कौन-कौन से हैं?**

गिरिजा देवी : (हँसती हैं) यह कहना तो मुश्किल है क्योंकि गुरुजी ने कहा था कि भई दस-पाँच रागों में जो तुम्हें पसंद हो उसका खूब रियाज करो। ऐसे तो मुझे करीब दौसौ-तीनसौ राग अच्छी तरह याद हैं, फिर भी गाने के लिए बीच-पच्चीस राग अच्छे लगते हैं और इन्हीं का रियाज हम ज्यादा करते हैं। जैसे—भैरव। यह राग मुझे इसलिए भी बेहद प्रिय है कि मुझे लगता है कि इसको गाते वक्त मैं शिव की पूजा करती हूँ और इसके अलावा मुझे कल्याण के प्रकार, दरबारी के प्रकार, बसन्त के प्रकार, कान्हड़ा के प्रकार, केदार और मेघ-मल्हार प्रिय हैं। वे राग जिनमें बहुत कड़े स्वर प्रयुक्त होते हैं, मुझे कम पसंद हैं।

यतीन्द्र : **आपकी बन्दिशें पीलू में ज्यादा रहती हैं, ऐसा क्यों?**

गिरिज़ा देवी : यह तो हमारे बनारस में खास चीज़ है। यहाँ जो भी खयाल, ठुमरी गाई जाती है उसे काफी, पीलू खमाज, तिलंग झिंझौटी आदि में गाना लोग ज्यादा पसंद करते हैं। पीलू में चैती होरी खूब गाई ज़ाती है। इसी में दादरा और कजरी भी हम लोग गाते हैं पहाड़ी, माण्ड, कौशिक ध्वनि आदि का जो अलग माहौल है, उसे हम लोग नहीं गाते हैं अगर कोई कहेगा तो गा देंगे, मगर अपनी पसंद से हम इन रागों को प्राथमिकता नहीं देते।

यतीन्द्र : **अप्पाजी साहित्य में आपके प्रिय विषय क्या रहे हैं, जिनको आपने अपनी गायकी में स्थान दिया?**

गिरिजा देवी : सूरदासजी का साहित्य मुझे बहुत पसंद है जिसको मैंने बहुत गाया है, तुलसीदास जी के भी कई पद मैंने गाये हैं। मीराबाई के प्रति तो एक स्त्री होने के नाते मेरा बेहद आदर-भाव है इसलिए उनके भजन मैंने बहुत प्यार व सम्मान से गाये हैं और कोशिश करती हूँ कि मीरा के पद ज्यादा से ज्यादा गाऊँ। इसी तरह जगन्नाथ दास 'रत्नाकर' और भारतेन्दु हरिश्चन्द्र जी का साहित्य ग़ाया है। देवस्वामी एवं रामप्रताप जी की होली की बन्दिशें भी मैंने बड़े मन से गाईं हैं। एक बात आपको बताऊँ, भारतेन्दु हरिश्चन्द्र जी ने बहुत सारे गानों की रचना की है, उनका एक गीत था 'कहनवा मानो ओ दिलजानी....'। मैंने दिलजानी को हटा दिया और गीत में राधारानी फिट करके ठुमरी गाई 'कहनवा मानो हे राधारानी...'। मेरी यह ठुमरी बहुत लोकप्रिय हुई। मेरे लिए तो 'दिलजानी' मेरी 'राधारानी' ही

हैं। दिलजानी से हल्का सा आशिकी का पुट झलकता है। हमारे जैसे कलाकारों के लिए यह भी जरूरी हो जाता है कि संगीत में साहित्य के सम्मानजनक शब्द ही आएँ, उनमें थोड़ा फेर-बदल करके एक गरिमा और लालित्य देकर हम काम चला लेते हैं।

यतीन्द्र : **आपने संत-ज्ञान शृंखला में नानक, सूर, कबीर, और नामदेव आदि के पद गाए। क्या आपको ऐसा लगता है कि शास्त्रीय और उपशास्त्रीय गायन को स्थापित करने में यह संत साहित्य मददगार रहे हैं?**

गिरिजा देवी : जरूर, क्योंकि जिन स्वरों को हम गा रहे हैं, अगर उनके शब्द भी सुन्दर और भक्ति पैदा करने वाले हों, तो सुनने वाले के ऊपर जल्दी असर पड़ता है। मैंने जितने भी कार्यक्रम दिए हैं उनमें मुझे लगता है जो भाव और आदर्श हमारे भजनों को प्रस्तुत करने में रहता है और उसकी गूँज श्रोताओं में जो असर पैदा करती है उससे हमको सात्विक आनन्द की प्राप्ति होती है। मेरा पूरा प्रयास रहता है कि जब मैं विद्यालयों एवं विश्वविद्यालयों में बच्चों को संगीत की बारीकियाँ सिखाती हूँ या 'स्पिक-मैके' का कार्यक्रम देती हूँ, तो ज्यादातर पढ़ाए जाने वाले श्रेष्ठ भक्त कवियों के साहित्य को ही गाऊँ। इससे एक लाभ यह मिलता है कि छात्रों को अपने साहित्य से जुड़ने का मौका मिलता है।

यतीन्द्र : **कहते हैं, धार्मिक स्थानों पर संगीत का बेहद आदरणीय स्थान रहा है। संगीत के साधक भी अपनी संगीत साधना के लिए ऐसे स्थानों को प्राथमिकता देते हैं जैसे—काशी, प्रयाग, उज्जैन, कलकत्ता, मथुरा, वृंदावन एवं मदुरै में संगीत का पर्याप्त विकास हुआ है, फिर अयोध्या में संगीत का कोई घराना विकसित नहीं हो सका, या यहाँ की संगीत परंपरा उतनी समृद्ध नहीं है। इसके पीछे क्या कारण हो सकता है?**

गिरिजा देवी : आपका प्रश्न वाजिब है। मेरे ख्याल से इसके पीछे लखनऊ एक बड़ा कारण हो सकता है। लखनऊ और अयोध्या पास-पास होने की वजह से अधिकांश कलाकार नवाबों और बड़े ताल्लुकेदारों के संरक्षण में लखनऊ आ गए थे। इस तरह लखनऊ ही संगीत के क्षेत्र में उस समय आगे बढ़ सका, क्योंकि इसे नवाबों और बड़े जमींदारों का आश्रय प्राप्त था। बड़े कलाकार, जो अयोध्या को अपनी कर्मस्थली बनाना भी चाहते रहे होंगे, उनके आगे गृहस्थी और आजीविका की चिंता हो गई। इस तरह अयोध्या में सिर्फ मंदिरों में रोज दो समय की ख़ुराक और थोड़े से पैसे पर गुजारा करने वाले मात्र कीर्तनिये

ही बचे। इसीलिए मुझे लगता है कि यही एक कारण अयोध्या की संगीत परंपरा के विकास में बाधक बना।

यतीन्द्र : **क्या आपको ऐसा लगता है कि अयोध्या के उन कलाकारों ने अवध के नवाबों के यहाँ संरक्षण पाकर गायकी की वह परिपाटी विकसित की, जो दरबारों का अंग होती है। इसी कारण उनकी शैली भी लखनवी शैली में बदलती चली गई और अयोध्या का लोक-तत्व उनके गायन से दूर हो गया?**

गिरिजा देवी : बिल्कुल। यही वजह है कि कुछ लोग लखनऊ चले गए, कुछ आगरा चले आए और कुछ ने दिल्ली में जाकर शरण ली। इस तरह से कलाकार लोग छितर (फैल) गए और अयोध्या को खाली कर दिया। आजकल यही हाल वृंदावन का भी हो गया है। वृंदावन से भी बहुत सारे श्रेष्ठ कलाकार इधर-उधर हो गए, जिससे वहाँ सिर्फ कीर्तन और हवेली संगीत ही बचा रहा।

यतीन्द्र : **ऐसी कौन-कौन सी लोक गायन की शैलियाँ हैं, जो इस समय प्रचलन में नहीं हैं। उनके बारे में बताइए।**

गिरिजा देवी : प्रचलन में लोक गायन तो है परन्तु, संस्कार-गीत प्रचलन में नहीं है, यह बात कुछ अखरती है। काशी में विवाह के समय स्त्रियाँ गंगा पूजने जाती थीं, उस समय गंगा पुजैया के गीत एक निश्चित पारंपरिक रीति से ही गाए जाते थे। घर की देहरी-आँगन में कुल-देवता का आवाहन-गीत गाया जाता था। विभिन्न संस्कारों में जो वैदिक रीति से विधिपूर्वक पूजा होती है, उसका पूरा ब्यौरा संस्कार-गीतों में गाया जाता था। इसी तरह लड़के की बारात के समय परछन वगैरह गाने की प्रथा थी, जो अब कहीं सुनने को भी नहीं मिलती। पहले बहू उतारकर लाने पर कोहबर में गीत गाये जाते थे। गाली, कंगन उतारने का गीत, गोद पूजने का गीत, रसोई पूजने का गीत, यह सब अब बीते दिनों की बात हो गईं हैं। अब बहुत सारे गाने वाली स्त्रियाँ भी नकटोरा, झूमर, नचारी और ठुमके नहीं जानतीं। अब तो शादियों में रात-भर लड़कियों-औरतों का हल्ला-गुल्ला 'लेडीज-संगीत' के नाम से जाना जाता है।

यतीन्द्र : **जैसा आपने बताया भारतीय समाज में पर्वों, विवाहों आदि के अवसरों पर कुलदेवता, कुलदेवी, ग्रामदेवता, डिउहार बाबा एवं संझा आदि को न्यौतने की जो परंपरा गीतों में प्रचलित थी वे गीत आज लुप्तप्राय हो गए हैं। नयी पीढ़ी इनसे पूरी तरह अनभिज्ञ है। क्या आपको ऐसा नहीं लगता कि इन गीतों को लुप्त होने से बचाया जाए**

और नयी पीढ़ी को इनका ज्ञान कराया जाए।

गिरिजा देवी : जरूर। मैं आपकी बातों से पूर्णतया सहमत हूँ। राजस्थान में अभी भी कुलदेवता, कुलगुरु एवं कुलदेवी को पूजने के साथ-साथ उनके गीत गाकर उनकी अनुकम्पा पाने की परंपरा मौजूद है। हमारे यहाँ उत्तर प्रदेश में कुछ लोग चैत्र की अष्टमी व नवमी को माता-माई की पूजा करते हैं और उनके गीत गाते हैं। परन्तु यह बहुत दुःख की बात है कि इसकी दीक्षा की परंपरा अब खत्म हो रही है। राजस्थान में तो वहाँ की परंपरा को जिन्दा रखने के लिए संगीतज्ञ भी पूरी तरह समर्पित हैं। मगर अन्य प्रदेशों में वहाँ के लोकाचार लोग भूल रहे हैं। मैं एक बात यह भी कहूँगी कि इस तरह के गीत को मैं सारी शिष्याओं को नहीं सिखा सकती। कारण यह है कि मेरी किसी अंग्रेज या जर्मन शिष्या को विवाह-गीत या मुण्डन-बधावा के गीत से कोई मतलब नहीं है। उनकी शादी चर्च में होती है और उनके यहाँ उस समय बाइबिल के प्रार्थना-गीत गाये जाते हैं। तो बिल्कुल ठेठ परंपरागत गीतों को उन्हें सिखाने का कोई औचित्य नहीं। भारतीय शिष्याओं में जो ऐसे गीतों को सीखने की इच्छा व्यक्त करती हैं, उन्हें हम सब तरह के गीतों में रियाज कराते हैं।

यतीन्द्र : **शास्त्रीय गायन की परंपरा में उपनिषदों, वेदों और लोकशास्त्रों से बहुत सारा गायन कलाकारों ने किया है। जैसे एम. एस. सुब्बुलक्ष्मी ने विष्णुसहस्रनाम और वेद मंत्रों का स्वस्तिवाचन गाया, वीणासहस्रबुद्धे ने गणेश ध्यान एवं द्वादशनामस्तोत्रम् तथा श्रुति सादोलकर ने शिव-ताण्डव गाया। पं. रविशंकर ने शिवस्त्रोत् एवं शिवमंत्रों पर काम किया। इनके बारे में आपकी क्या टिप्पणी हैं?**

गिरिजा देवी : यह बहुत अच्छा कार्य है। इनके अलावा मंजु सुंदरम ने भी संस्कृत मन्त्रों को सस्वर गाया है। उसने मंत्रों की वर्तनी इतने सुन्दर ढंग से संगीत के द्वारा प्रस्तुत की है कि कोई भी संगीत का छात्र, जिसे संस्कृत नहीं आती है, वह भी उसे सुनकर मन्त्रों को रागों के माध्यम से तैयार कर सकता है। जिन बड़े कलाकारों का नाम आपने लिया उन्होंने गाया तो बहुत सुन्दर है, लेकिन अपनी कला की ऊँचाई दिखाने के चक्कर में वे उसे छात्रोपयोगी नहीं बना पाए। कहीं-कहीं गायकी का चरम इतनी क्लिष्टता पैदा करता है कि सामान्य संगीत का जानकार या श्रोता उससे परेशान होकर, या तो सीखता नहीं है या फिर सुनने से कतराता है। फिर यह परंपरागत मन्त्रों का गायन हमारी पुरानी प्रथा है, वैदिक काल से ही हमारे यहाँ संस्कृत के वेदपाठी

गिरिज देवी–बड़ी बहन उर्मिला देवी (1952)

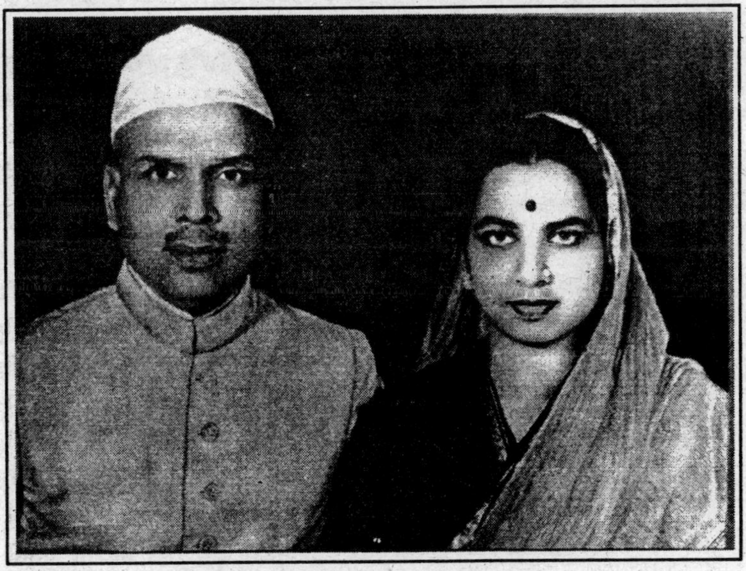

गिरिजा देवी एवं पति स्व. मधुसूदन दास

ब्राम्हण हुआ करते थे और वे पूरी मंत्र-वाचन की प्रक्रिया को सामवेद के लय-ताल के साथ करते थे। आज भी कुछ संस्कारी घरों में आपको इस तरह के वेदपाठी पुण्यावाचन करते मिल जाऐंगे।

यतीन्द्र : आपका आशय यह है कि इस तरह का प्रयोग बहुत उपयोगी नहीं है?

गिरिजा देवी : नहीं-नहीं, ऐसा नहीं। मेरा कहने का आशय मात्र इतना है कि भारत के जितने भी बड़े या छोटे कलाकार इस तरह के प्रयोग कर रहे हैं वे उसे छात्रों के लिए सरल और लोकप्रिय बनाऐं। ऐसा तभी हो सकता है जब उनका कैसेट या रिकार्ड बने, तो वे उन चीजो को समझाऐं और मंत्रों एक-एक अक्षर के बोल-बनावट स्पष्ट करते हुए अपनी गायकी की तैयारी दिखायें। जब इस तरह की चीजें समाज में आऐंगी तब वह ज्यादा सार्थक और उपयोगी होंगी। मुझे लगता है कि संगीत या किसी कला में कोई प्रयोग महत्त्वहीन नहीं होता। उन प्रयोगों के पीछे छिपा कारण यदि अपने को अलग दिखाना हुआ, तो वह कोई बड़ी चीज़ नहीं है।

यतीन्द्र : भूमण्डलीकरण और पाश्चात्य संगीत के अंधानुकरण के इस दौर में भारतीय संगीत का क्या भविष्य है?

गिरिजा देवी : आज के जमाने में भारतीय संगीत का चाहे वह शास्त्रीय हो, उपशास्त्रीय हो या लोक संगीत हो सबके बारे में मेरी राय यही है कि वह जिन्दा रहेगा और बहुत अच्छी तरह से रहेगा। आजकल के नवयुवक कलाकारों को इस बात का ध्यान रखना होगा कि भारतीयता की अपनी पहचान और अपनी पुरानी थाती (धरोहर) को उन्हें ही सहेजना है। क्योंकि हम लोगों ने तो अपना काम एक तरह से पूरा ही कर दिया है और फिर हमारे पास अब उतनी ताकत और उम्र नहीं रही कि इस तरह के अन्धानुकरण से मोर्चा लें। हाँ यह बात ज्यादा बुरी है कि भारतीय संगीत को, चाहे वह उत्तर का हो या कर्नाटक का, इसका इतना नुकसान विदेशियों ने नहीं किया, जितना कि दूरदर्शन और सिनेमा ने। मैं रोज़ देखती हूँ कि जो कलाकार बहुत अच्छे हैं, उनकी गले की तैयारी और गायकी बेहतर है, वे भी फिल्मी और गैर फिल्मी एलबमों की भीड़ में खड़े दिख रहे हैं। अगर वे अपनी जीविका के लिए इसे अपनाते हैं, तो उन्हें यह भी चाहिए कि थोड़ा सा समय निकालकर अपनी संगीत परंपरा, जो बहुत महान और पवित्र है, उसके लिए भी योगदान करें। हमारा संगीत तो उस मंत्र-जाप की तरह है, जो जितना जाप करेगा उसे उतनी ही सिद्धियाँ

प्राप्त होंगी। संगीत-साधना संस्कार की चीज़ है, उसकी पर्याप्त आराधना होनी चाहिए।

यतीन्द्र : **क्या देशज् शब्दों और लोक-व्यवहार में प्रयुक्त होने वाली बोलियों का परंपरागत शास्त्रीय और उपशास्त्रीय गायन में प्रयोग किया जा सकता है? इससे उन क्षेत्र विशेष के लोगों से सीधे संवाद की स्थिति बनेगी और गायकी आसानी से जनमानस में स्थापित होगी, इसके बारे में आप क्या सोचती हैं?**

गिरिजा देवी : आपके सवाल से मैं सहमत हूँ। यह भी एक तरह का प्रयोग हुआ। यह हर स्थिति में बेहतर इसलिए होगा कि इससे गाँव देहात के लोग भी जुड़ेंगे। हिन्दी में बहुत सारे शब्द ऐसे हैं, जिनका उच्चारण करना कठिन है, अगर ऐसे शब्द ढूँढे जा सकें जिनका गायन सुगमता से किया जा सकता है, तो यह बहुत बड़ी चीज़ होगी। हमारे गाँव में बहुत शब्द जैसे—पहुड़ लियो, लप्पड़ मार दिया, ठुमुक गये, रिसियाय गये आदि प्रचलन में है और मैं अकसर जब अपनी शिष्याओं से इस तरह की भाषा में बात करती हूँ, तो बड़ा अच्छा लगता है। इसमें एक अलग तरह का प्रवाह और लालित्य है। यह परंपरा की चीज हुई और इनका प्रयोग करके अगर कोई अच्छी चीज बनती है, तो उसे जरूर गायकी में शामिल करना चाहिए।

यतीन्द्र : **हमारे लोक के हर स्पन्दन में धर्म, अध्यात्म और अनुष्ठान इन तीन तत्वों की विशेष महत्ता रही है। क्या आप शास्त्रीय गायन में इनकी भूमिका पाती हैं? आपकी संगीत साधना पर क्या इनका प्रभाव रहा है?**

गिरिजा देवी : यह आपने बड़े पते की बात पूछी है। मेरी संगीत साधना पर भगवत्कृपा रही है। मैं थोड़ा धार्मिक प्रवृत्ति की महिला हूँ, इसलिए इसको सबके ऊपर डालकर कह सकती हूँ कि सिर्फ संगीत ही नहीं हर प्रकार की सफलता और यश-प्राप्ति में धर्म और अध्यात्म मौजूद रहता है। आध्यात्मिकता का मतलब यह है कि एक प्रकार की सात्त्विक चेतना जाग्रत रहती है मनुष्य में, या हम उसे अपने संयम और कर्म से जाग्रत करते हैं। भाव-विभोर करने वाला संगीत बिना ध्यान के नहीं आता। जब तक हम अपने स्वरों को ठीक से संतुलित नहीं कर लेंगे, भगवान का स्मरण नहीं कर लेंगे, तब तक गायेंगे नहीं। मैं जब भी कोई कार्यक्रम देती हूँ तब अपने अन्तर्मन में कुलदेवता, गुरुजनों और सरस्वती को प्रणाम करके ही गायन आरंभ करती हूँ अपने घर में बैठकर जितनी भी उपासना करनी हो कर लेती हूँ। श्रोता जिन सुरों

को सुनने आते हैं उन्हें उसी की पूजा दिखानी चाहिए, ये नहीं कि श्रोताओं को पूजा करके धूप, दीप, आरती दिखाई जाए।

यतीन्द्र : **आपके कहने का अर्थ यह है कि हमें आराधना तो करनी चाहिए परंतु उसका प्रदर्शन नहीं होना चाहिए।**

गिरिजा देवी : मेरे कहने का अर्थ यह है कि आस्था का प्रदर्शन नहीं होना चाहिए, उसके प्रति समर्पण होना चाहिए। अगर हमने प्रदर्शन कर दिया, तब वह दुकान खोलकर बैठने की बात हो गई। हम अपने घरों में कैसे रहते हैं, क्या खाते-पीते हैं। किससे किस प्रकार का व्यवहार करते हैं, जैसे यह सब चीजें प्रदर्शन की नहीं। वैसे ही आस्था भी प्रदर्शन की चीज़ नहीं।

यतीन्द्र : **अप्पाजी! जब आप किसी शिष्य को गण्डा बाँधती हैं, तो उसके साथ कोई विधिवत् पूजन या संस्कार करवाती हैं?**

गिरिजा देवी : शिष्यों को तो कई-कई दिनों का उपवास कराया जाता है परंतु शिष्याओं को ज्यादा दिनों का उपवास वर्जित है, कारण यह है कि एक नियत काल से अधिक दिनों के लिए स्त्रियाँ कोई अनुष्ठान नहीं कर सकतीं। हम लोग चालीस दिनों का एक व्रत लेते हैं, जिसमें शिष्यायें वह व्रत मात्र इक्कीस दिनों तक कर सकती हैं। गण्डा बाँधने से पूर्व इन दिनों में स्त्रियों के लिए शुद्धता ही सबसे बड़ी चीज़ होती है। जब शिष्य अपने सात्विक संस्कारों से पूर्ण होकर सीखने बैठेगा तभी सच्चे स्वर जाग्रत होंगे। गण्डा बाँधने वाले दिन एक प्रधान पूजा होती है, जिसमें मेरे कुलगुरु और उस बच्चे (शिष्य या शिष्या) के कुलगुरु और कुलदेवता की पूजा होती है । फिर गुरु की पूजा करवाते हैं। इसके पश्चात शिष्य के माता-पिता की पूजा होती है और यह संकल्प होता है कि हम इनके वंश में इनके रक्त से उत्पन्न हुए हैं एवम् हमारा ज्ञान गुरुकृपा से पूर्णता को प्राप्त हो। फिर इसके बाद उम्र में बड़े जितने गुरुभाई, गुरूबहनें होती हैं, शिष्य सबको दक्षिणा देकर प्रणाम करता है।

यतीन्द्र : **इसके अलावा किसी देवता की प्रधान पूजा मसलन-सरस्वती, नवग्रह, गणपति आदि की होती हो, तो विस्तार से बतायें।**

गिरिजा देवी : गणपति की सर्वप्रथम पूजा होती है जिसे गुरु करता है। फिर गुरु और सब शिष्य लोग मिलकर सरस्वती की पूजा करते हैं। इससे पाँच चीज़ों का विशेष महत्त्व रहता है। पहला—डमरू, दूसरा—नृत्य ये शिव के अंग हैं, इनकी पूजा होती है। तीसरा—वीणा, चौथा—पुस्तक ये सरस्वती के अंग हैं, इनकी विधिवत् अर्चना होती है और पाँचवां

प्रणव बीजाक्षर (ॐ) यह ब्रह्म का प्रतीक है। इसी के सर्वप्रथम गायन से विधिवत् शिक्षा प्रारम्भ होती है। संगीत में ओम्कार वाणी की सिद्धि के लिए भजा जाता है। तो इतनी तरह की पूजा के बाद ही कोई शिष्या दीक्षा के लिए तैयार होता है। नवग्रह की पूजा हम नहीं कराते, जब सुर और ताल के साथ स्वर-साधना होगी, तब नवग्रह कोई अनिष्ट नहीं कर सकेंगे। (हँसती हैं।)

यतीन्द्र : **अप्पाजी, आपके समवयस्क लोग जो गायन के विभिन्न क्षेत्रों में हैं और जिन्होंने अपनी एक संगीत की शैली विकसित की है, उनमें आप किनका उल्लेख करना चाहेंगीं?**

गिरिजा देवी : इस प्रन का उत्तर थोड़ा मुकिल है, मेरे कुछ भी कहने से दूसरे कलाकार इसे अपनी आलोचना समझेंगे।

यतीन्द्र : **नहीं, आलोचना की बात नहीं। मैं सिर्फ उन कारणों को जानना चाहता हूँ जिनसे कोई कलाकार अपनी जिन्दगी में ही किंवदन्ती बन जाता है।**

गिरिजा देवी : पं. रविशंकर जी हैं, इन्होंने ध्रुपद अंग से अपना आलाप करना शुरू किया। अली अकबर भाई हैं जिनकी अपनी अलग ही शैली है, इसी तरह विलायत खाँ साहब हैं, अमजद अली खाँ साहब हैं ये लोग अपने-अपने घरानों में सात पीढ़ियों से जो चलता आ रहा है। उसी तरह गा बजा रहे हैं। यह एक बड़ी बात है कि इन लोंगो ने अपनी-अपनी शैलियों को स्थापित किया और पुरानी चीज़ों को बिगाड़ा नहीं। केसरबाई थीं या सिद्धेश्वरी देवी जी थीं जिनका केवल ठुमरी में ही नाम हुआ। मगर मुझे आज तक समझ में नहीं आता है कि उन्होंने ज्यादा ठुमरी ही क्यों गाई, खयाल में क्यों नहीं गईं। ऐसा नहीं था कि उन्हें खयाल आता नहीं था या कोई रियाज की कमी रही होगी, मगर फिर भी ऐसा क्यों हुआ, पता नहीं चल पाता। वे लोग दरबारों में भी जाती थीं तो जरूर कुछ दरबार की विशिष्ट परंपरा के अनुरूप मुबारकबादी वगैरह गाती होंगी। मगर दुःख की बात यह है कि ऐसी कोई जानकारी या उनकी गायकी के नमूने आज हमें मालूम नहीं हैं। इस समय किशोरी अमोनकर और भीमसेन जोशी भाईसाहब ऐसे हैं जिनकी गायकी की छलाँग बहुत ऊँची है, जसराज जी भी हैं, जो बड़ी धार्मिकता से बन्दिशें उठाते हैं। एक अकेली गंगूबाई हंगल जी ऐसी हैं, जो हमारी आज की पूरी शास्त्रीय परंपरा की सबसे बड़ी जीवित हस्ती हैं।

यतीन्द्र : **अमीर खाँ साहब की गायकी कैसी लगती थी आपको?**

गिरिजा देवी : बहुत गहराई थी उनके गाने में। जिसको कहते हैं मेरुखण्ड की तान, वो उन्हीं के वश की बात थी।

यतीन्द्र : पं. कुमार गन्धर्व के संगीत के बारे में आप क्या सोचती हैं?

गिरिजा देवी : आपने बड़े श्रद्धेय व्यक्ति का नाम लिया है। पं. कुमार गन्धर्व बिल्कुल वैसे थे, जैसे कोई शापित गन्धर्व या भूला भटका योगी इस धरती पर गलती से आ जाता है। इसी तरह वे भी इस धरती पर आ गए थे। निर्गुण भजन गायन में उनकी गायकी अद्भुत तरीके से उभरती थी। बड़ा जीवट था उनमें। उनके संगीत का सबसे बड़ा पक्ष था, भाव। भाव प्रदर्शित करने में पंडित जी का कोई सानी नहीं है। मुझे उनका ख्याल भी अच्छा लगता था। इतनी अस्वस्थता के बावजूद वाणी का संयम और आवाज का निरालापन उनको दुर्लभ ढंग का गायक बना देता है। मुझे नहीं लगता है कि उनकी तरह का गायन उनसे पहले या उनके बाद आजतक किसी ने किया होगा।

यतीन्द्र : आपको बिस्मिल्ला खाँ साहब की शहनाई कैसी लगती है?

गिरिजा देवी : अरे भईया, ये तो हमारे बड़े भाई सरीखे हैं। इनकी शहनाई दिल से बजती है। एक 'स' (षडज) ही इतना सुंदर लगा देते हैं कि सालों-साल तक दिल में उतरा रहता है। उनकी भोली हँसी की तरह ही शहनाई भी बड़ी भोली और मधुर है। इनके साथ प्रोग्राम करने में हमेशा मैंने कुछ न कुछ सीखा और अपनी गायकी में बड़ी भावना के साथ उतारा।

यतीन्द्र : आप किस वाद्य यंत्र को सबसे ज्यादा पसद करती हैं?

गिरिजा देवी : सबसे ज्यादा हमको बाँसुरी पसंद है।

यतीन्द्र : आप के साथ जो लोग संगत करते रहे हैं, उनमें कौन अच्छा लगा आपको?

गिरिजा देवी : संगत तो बहुत लोगों ने साथ की है। जिन लोगों की संगत के समय डर लगता था कि कहीं सुर गलत न लग जाये उनमें पं. कंठे महाराज, पं. अनोखे लाल मिश्र, उस्ताद अल्लारक्खा एवं उस्ताद बिस्मिल्ला खाँ जैसे लोग ही हैं।

यतीन्द्र : अच्छा अप्पा जी, फिल्मों में अमीरबाई कर्नाटकी, पारुल घोष, कानन देवी?

गिरिजा देवी : अमीरबाई कर्नाटकी की तो मैंने सुना था, मुझे बहुत पसंद था। कानन देवी साधारण थीं। पारुल घोष को मैंने कभी सुना नहीं।

यतीन्द्र : लता मंगेशकर का गाना कैसा लगता है आपको?

गिरिजा देवी : बहुत अच्छा लगता है।

यतीन्द्र : कौन सा गाना अच्छा लगता है?

गिरिजा देवी : उसका कौन सा गाना नहीं अच्छा लगता है, यही बता दीजिए आप (बहुत जोर से हँसती हैं)। अब यही जान लो भईया कि इतना साधारण फिल्मी गीत गाकर भी अगर वो इतना जादू जगा देती हैं, तो उसकी आवाज़ में क्या असर होगा। मगर एक बात कहूँगी कि पहले जब आई थीं तब गाती चली गईं, उसमें भाव जैसी कोई चीज़ नहीं थी। मगर बाद में उनके गाने में आत्मविश्वास के साथ गंभीरता आ गई। यह साठ से सत्तर का दशक रहा होगा, जब उन्होंने कमाल का गाया था। अब जो गा रही हैं, वो लोगों की ज़िद पर गा रही हैं। जबकि कभी-कभी लगता है कि बड़े बेमन से गा रही हैं। इतनी अच्छी कलाकार से जबरदस्ती नहीं गवाना चाहिए।

यतीन्द : इसी तरह आने वाली नई पीढ़ी में आपको कौन सबसे बेहतर लगता है?

गिरिजा देवी : अब नई पीढ़ी में इतनी जल्दी किसी के बारे में कुछ कहना ठीक नहीं होगा। अभी सब बच्चे हैं और सबको बहुत मेहनत करनी है, इसलिए बेवजह किसी को छोटा-बड़ा करना ठीक नहीं। हाँ एक बात बच्चों से जरूर कहनी है, जिस भी शैली में गाएँ अपनी अलग गायकी विकसित करें सभी के साथ बैठें, सबकी सुनें मगर गायकी का अपना अलग रंग होना चाहिए, जैसे आलाप लें या कोई तान बहुत पसंद है, तो उसे गाते समय यह पता चले कि फलाँ ही इसे इस तरह गा सकता है। जैसे पं. जसराज जी के बड़े भाई थे पं. मनीराम जी। हम लोगों का रोज का दो-तीन घंटे का साथ बैठना होता था, मगर आप देखें कि दोनों भाइयों की गायकी में कितनी पुख्ता तैयारी और कितनी विविधता है और दोनों का रंग भी अलग-अलग है।

यतीन्द्र : जनमानस में भक्त सदैव मधुर कंठों वाले रहे हैं। मीरा का गाना, चैतन्य महाप्रभु की संगीत पर पकड़ रही है, जबकि यह सभी दीक्षित संगीत साधक नहीं थे। फिर क्यों कोई शास्त्रीय या उपशास्त्रीय गायक वैसा लोक नहीं रच पाता, जो इन्होंने रचा था। क्या ऐसा कोई पारलौकिक चरम इन्हें सुलभ था, जिस बिन्दु तक कोई स्थापित गायक पहुँच नहीं पाता। ऐसा क्यों है?

गिरिजा देवी : उस समय का वातावरण क्या था, जरा आप याद कीजिएगा। इतना गर्द-गुबार, इतनी गन्दी हवा, इतना पेट्रोल उस समय था। इतना झूठ, इतना भ्रष्टाचार, इतनी अपवित्रता क्या पहले भी थी। तब वायु शुद्ध थी, जल शुद्ध था, सच को सच माना जाता था, घर छोड़कर

लोग घूमने जाते थे, तो ताला नहीं लगता था, मतलब हर चीज़ की मर्यादा थी और हर चीज़ में पवित्रता का भास था। आज किसी का फोन आता कि अमुक दिन आपका कार्यक्रम लगा है, तो हम लोग फोन पर शिष्याओं से कहला देते हैं, कह दो हैं नहीं। अब झूठ बोला न, दिन में दस बार रियाज करेंगे और बीस बार झूठ बोलेंगे, तो काहे का पारलौकिक चरम पैदा कर पाएँगें (हँसती हैं)। मेरा कहने का मतलब है कि जितना हम अपने भीतर पवित्रता और सत्य को बचाकर रखेंगे, उतना ही हमारा सुर सच्चा लगेगा। लोग पूछते हैं क्या आप गाकर रुला सकती हैं, हँसा सकती हैं। मैं कहती हूँ छोटी-छोटी चीजों को हम अपना लें, वातावरण को शुद्ध रखने का जतन करें। प्रकृति से सामंजस्य बनाकर अपने भीतर एक मर्यादा लायें, तो हँसाना-रुलाना तो छोड़िए मरने वाले को थोड़ी देर के लिए जिला सकते हैं, उसकी पीड़ा को बहुत कम कर सकते हैं।

यतीन्द्र : **अगले जन्म में आप गिरिजादेवी ही बनना चाहेंगी या कुछ और?**

गिरिजा देवी : अभी इस जन्म में ही अपूर्णता है, फिर अगले जन्म की क्या कहूँ। मुझे संगीत पूरी तरह आ गया, ऐसा तो सोचना ही गलत है। अभी तो कई जन्म लेने पड़ेंगे संगीत की बारीकियाँ सीखने में। वैसे तो मैं चाहती हूँ कि प्रभु मुझे दूसरा जन्म ही न दे। मोक्ष मिल जाए।

यतीन्द्र : **ईश्वर आपको मोक्ष या संगीत में से एक चुनने को कहे, तो आप किसे चुनेंगी।**

गिरिजादेवी : इस स्थिति में, मैं संगीत चुनूँगी। यही संगीत ही अन्ततोगत्वा मुझे मोक्षद्वार तक पहुँचाएगा। सूरदास जी ने कहा है–

''नाथ सकौ तो मोहे उधारो,
पतितन में बिख्यात पतित हूँ पावन नाम तुम्हारो।''

गिरिजा देवी—अनन्य संगीत के क्षण

गुरु पूजा करती हुई शिष्या सुनन्दा शर्मा

आलाप

गिरिजा देवी को प्रदत्त पुरस्कार

1. संगीत शिरोमणि पुरस्कार, प्रयाग संगीत समिति, इलाहाबाद, 1969
2. पद्मश्री, भारत सरकार, 1972
3. उत्तर प्रदेश संगीत नाटक अकादमी पुरस्कार, 1976
4. केन्द्रीय संगीत नाटक अकादमी पुरस्कार, नई दिल्ली, 1977
5. गान सरस्वती, प्राचीन कला केन्द्र, चंडीगढ़, 1986
6. पद्मभूषण, भारत सरकार, 1989
7. यश भारती सम्मान, उत्तर प्रदेश, 1994
8. उस्ताद हाफिज़ अली खाँ पुरस्कार, 1995
9. डी. लिट्. की मानद उपाधि–
   महात्मा गाँधी काशी विद्यापीठ, वाराणसी, 1996
   रवीन्द्र भारती विश्वविद्यालय, कोलकाता, 1999

11. तानसेन सम्मान, मध्य प्रदेश सरकार, 1996
12. भुवालका अवार्ड, कोलकाता, 1999
13. भारत ज्योति अवार्ड, भारतीय विद्या भवन, न्यूयार्क, 1999

सौजन्य

1. आवरण–नरेन्द्र श्रीवास्तव
2. बनारस घाट : मणिकर्णिका 1896 (सौजन्य–रवि ग्रोवर)
3. गिरिजा देवी प्रोफाइल बाई दयानीता सिंह–पृ. 73 (सौजन्य–गिरिजा देवी)
4. गंगूबाई हंगल–पृ. 58

   केसरबाई केरकर–पृ. 106

   सिद्धेश्वरी देवी–पृ. 107

   एवं मोगूबाई कुरडीकर– पृ. 108

   (सौजन्य–मोहन नाडकर्णी की पुस्तक 'द ग्रेट मास्टर्स–प्रोफाइल्स इन हिन्दुस्तानी क्लासिकल वोकल म्यूजक' द्वारा हार्पर कालिन्स, इण्डिया 1999)